U0919307

新文艺

外国文学大师读本

Prosper Mérimée

梅里美 传奇小说

郑克鲁 编

上海文艺出版社

出版说明

本丛书初版于上世纪九十年代，深受广大读者喜爱。今年适逢上海文艺出版社建社六十周年，我们重新整理出版这套丛书，奉献给新一代的读者。

本丛书所选均为世界经典作家，入选作品突出作家某一方面的艺术特色；作品以短篇小说为主，适当也选收一点中篇小说。

本丛书分别约请国内知名的外国文学方面的专家、学者编选，并撰写序言。

上海文艺出版社

2012 年 1 月

目　录

选本序

郑克鲁

梅里美是一个具有独特风格的作家，他的中短篇小说一向被认为是世界文苑中的一朵奇葩。然而，他并不是以多取胜的。他不像世界上著名的中短篇小说家如契诃夫、莫泊桑等，他们创作的中短篇数以百计。梅里美仅仅以二十来个中短篇，便驰名于法国文坛乃至世界文坛上，而且占据了一个十分突出的地位。

梅里美在法国中短篇小说的发展史上具有举足轻重的作用。在他之前，法国中短篇小说还未发展到成熟阶段。十五世纪到十九世纪初，是法国中短篇小说的发展初期，这一漫长的阶段涌现了玛格丽特·德·纳瓦尔(1492～1594)、德·拉法耶特夫人(1634～1693)、伏尔泰(1694～1778)、狄德罗(1713～1784)、马蒙泰尔

(1723～1779)、萨德侯爵(1760～1814)等中短篇故事的好手。他们创作的还不能说是真正意义上的中短篇小说,以"故事"名之也许更为恰当。因为,无论从人物形象的塑造还是从结构、叙述等方面来说,这些作品还没有臻于成熟。法国的中短篇小说或许要从夏多布里昂的《勒内》和《阿达拉》(1802)开始,它们塑造了所谓"世纪病"的典型,对十九世纪的法国文学以至欧洲文学,都产生了重大影响。可是,法国中短篇小说的转折期直至二十多年以后才算到来。当时出现了一大批中短篇小说作家,如巴尔扎克、司汤达等,梅里美则是其中的代表,他堪称法国中短篇小说的第一位大师。法国二十世纪的著名评论家蒂博岱说,短篇小说这种文学样式"在梅里美之前并不存在"。这句话虽然说得有些过分,但把它理解为梅里美是法国第一位真正的短篇小说家,则有精到之处。可以说,从梅里美开始,法国的中短篇小说进入了成熟阶段。

梅里美的中短篇小说的艺术特点和魅力究竟何在?

首先,梅里美的中短篇小说少而精,尤其是短篇小说,写得极为凝练。他的小说美学遵循的是逻辑严密和语言简练,且能激动读者;他认为中短篇小说家的主要优点在于简洁、突出、情节发展迅速。他说过:"我憎恶无用的细节,另外,我认为不必向读者说出他能想象出的一切。"同时,梅里美善于总结别的作家的经验,例如他这样评价普希金:“我尤其欣赏他的简洁和他善于选择最引人注目的特点,同时又摈弃许多会损害思想的细节这种艺术。”他赞赏普希金写得简洁,同样自己也奉行简洁。为达此目的,他的小说有的只延续几个小时(如《马特奥·法尔戈纳》),有的几天,情节单一:《马特奥·法尔戈纳》写的是父亲杀死不讲信义的儿子的故事;《伊尔的维纳斯铜像》写的是铜像杀死新郎的故事;《塔芒戈》写的是黑奴在贩卖奴隶的船上的起义。这三篇小说情节都非常集中。但在构思和写作之前,梅里美却做了大量的准备工作,譬如,《马特奥·法尔戈纳》吸取的素材相当广泛,据考证,梅里美很有可能看过戈丹神父撰写的《科西嘉岛纪游》,其中一则传说《科西嘉人的高尚灵魂》讲的是一个牧羊人为了五个路易,出卖了一个逃兵,他的父亲知道后,认为是给家乡和家族丢尽了脸面,便亲自开枪打死了儿子。另外,1827年7月的《季刊》还发表了一篇考察报告,叙述一个牧羊人为了四个路易而出卖了两个逃兵,他的亲属们认为他玷污了民族和家庭的名誉,把他枪决了。从这两则纪事中可以看到梅里美写作《马特奥·法尔戈纳》的基本素材。梅里美紧紧抓住了这两则故事的骨架:被追捕的人的恳求和藏匿,告密者被盘问并且受到物质引诱,最后他招认了自己的告密行为,受到了惩处。但梅里美作了文学加工:除了开头对科西嘉岛的杂木丛林有几百字的描述以外，通篇几乎没有枝蔓的叙述，小说的中心部分以生动的对话构成，再现了当时的情景，这是对素材的艺术再现。结尾戛然而止。马特奥冷冷地回答匆匆赶来的妻子说，他在“伸张正义”，吩咐妻子把女婿叫来，大家住在一起。梅里美不作一字评点，让读者自去领会内中的余味。这种写法何等经济！梅里美的短篇往往不长，《攻占炮台》也就三千字左右，却从一个侧面写出了拿破仑进攻莫斯科那场战役的情景，表现了短篇小说以小见大的特点。梅里美的简练还表现在这一点上：他只在有决定意义的时刻或写到重要场面才展开叙述，其他情节一笔带过，节省笔墨。他往往用有承上启下作用的字句来分阶段，点明这些重要场面的到来。例如《塔芒戈》，在高潮到来时，梅里美这样写道：“长时间的等待过去了，复仇和自由的伟大日子终于来临。”接着是黑人起义的壮烈场面。有时梅里美用删节号分阶段，略去多余的话：《塔芒戈》的末尾叙述到船上只剩下塔芒戈和爱歇两人后，是一行删节号；爱歇死后又是一行删节号：略去累赘的交代，叙述显得极为简练。不过在简练中保持层次分明。尤其是《马特奥·法尔戈纳》，发展脉络非常清楚：第一阶段写巡逻队追逐强盗，故事发生在马特奥“离家几个钟头之后”；第二阶段写孩子出卖强盗，从“过了几分钟……”开始；第三阶段写马特奥回家：“兵士忙忙碌碌……”；第四阶段写马特奥杀子，从“约莫过了十分钟……”到结尾。环环相扣，交代清楚，衔接利索，迅速推向高潮。梅里美的小说虽然简洁，却仍然写得激动人心。他善于表现事件的悲剧性因素：马特奥杀子不动声色，愈加显示了这个结尾的悲壮意味；嘉尔曼之死的场面并没有大段的铺陈文字，梅里美强调的是人物抱有的命运观念，这反而加强了悲剧色彩。总之，简练、层次分明、紧凑、高潮突出、扣人心弦，这些优点就是梅里美的短篇在形式上达到的高度。短篇小说顾名思义就是写得短，因而简洁明晰是短篇小说本身所要求的要素之一，梅里美在这方面刻意求工是抓住了根本。

其次，梅里美在中短篇小说中塑造了性格鲜明的典型形象，这也是法国中短篇小说上了一个新台阶，达到成熟的标志之一。马特奥的性格疾恶如仇，刚烈正直。梅里美的刻画令人想到“原始人”或“自然人”，也就是说，他的行为接近于人在原始状态下的行为，并没有因文明的影响而变化，或者不受文明社会的影响，保留着纯正的民风。马特奥的铁石心肠在于他忠于科西嘉的道德观念，他的心里没有其他杂质。在梅里美看来，这种具有原始人的感情是史诗般的英雄的感情。塔芒戈的性格则是不屈不挠、有勇有谋、粗中有细。作为非洲黑人部落的酋长，他孔武有力，刚愎自用，但这只是他性格的一面，而且是并不重要的一面。小说着重刻画的是他成了囚徒之后的性格显现。这时的塔芒戈则是有勇有谋,他以自己的威望成为起义的发起者、组织者和领袖,他精心策划了这场起义,表现了这个粗犷的武士也有心细的另一面。燃烧在他心中的则是不愿沦为奴隶的意志,他要反抗。梅里美把这个人物的愚昧无知和善于行动的特点恰如其分地描写出来,处理得十分细腻,显示了他观察事物的深入和把握描写火候的纯熟。就连《伊尔的维纳斯铜像》中的铜像也具有性格,她凶狠无情,嫉妒心强。梅里美画龙点睛地描写她的神态:一脸"蔑视、嘲讽、残忍"的表情,尤其是那双白银镶嵌的眼睛,流露出"恶毒讥诮的表情"。这尊铜像把挖掘她的工人的腿压断,给予向她投掷石子的人以惩罚,也表明她是凶恶的。这种性格特点与她的嫉妒心一脉相通,构成了这尊铜像活生生的风采。梅里美的两个中篇《高龙巴》和《嘉尔曼》之所以成为世界中篇小说的杰作,主要也是由于这两篇小说塑造了性格突出的典型。高龙巴坚定沉着,复仇心强烈到不可抑制的地步,她精于心计,一切都在她的调度之内。梅里美把她写成科西嘉灵魂的象征:她具有行动感和农民意识,执著于自己的利益,忠于家族荣誉。相比之下,她的哥哥由于受到文明的熏陶,对荣誉具有不同的观念,也就不像她这样忠于科西嘉的风俗。奥尔索的存在是对他的妹妹高龙巴的衬托,更显出这个女性形象的泼辣和大刀阔斧的性格。嘉尔曼的性格虽然也有泼辣的一面，但更多的是酷爱无拘无束、独来独往。她的能干表现在与人交际方面，她充当了强盗和走私贩子的内线和刺探情报的角色。令人印象深刻的是，她动起怒来会在别人脸上用刀划一个十字，野性十足。一句话，她身上集中了波希米亚这个流浪民族的习性：不受任何法律的约束，爱好自由，性格豪放粗犷。在爱情上也是这样：嘉尔曼不愿意受到情人的监视和束缚，她要保持一定的来往自由，宁为这种自由而献出自己的生命。嘉尔曼还有波希米亚人的迷信观念，她喜欢用占卜来预测自己的行动结果和自身的命运，并对某些现象怀有宿命的观念：见到一只兔子从马脚之间穿过，她就认为自己会被杀死，又从咖啡渣中看出自己和情人要同归于尽。她明知情人要杀死她，仍然跟着他走，因为她认为这是她的丈夫，只能服从他的安排。她是一个接近于原始民族的、具有纯粹民风的山野之民，与文明社会的典雅女子迥然有别，这个形象的魅力就在这里。可以看出，在梅里美笔下的人物，往往都是富有激情的，性格强悍，善于决断。梅里美无疑受到司汤达的影响，司汤达也善于塑造具有异常毅力、敢作敢为的人物。梅里美的审美观点显然跟他一样。不过，梅里美不是从文明社会中去寻找这类人物的。在他笔下，这些人物大都是“化外之民”，他们或者是科西嘉岛上的山民，或者是非洲大陆的黑人,或者是波希米亚人,都远离文明社会,或者与文明社会格格不入。梅里美认为生活在这种环境中的人具有高于文明社会受到腐蚀的人的品性,他们的性格焕发出令人向往的熠熠光彩,因而把注意力投向他们。

第三,梅里美的中短篇小说善于将浪漫主义与现实主义熔于一炉。梅里美生活在浪漫主义盛行的时代,他的创作自然受到浪漫主义的影响。他追求异国情调和地方色彩,他的小说不少都在异国或科西嘉岛、甚至在地狱展开情节;他热衷于描绘外省和异国的风情,这些都是浪漫主义文学的特色。此外,他对奇特事物、特殊的性格、强烈到不可抑制的激情十分爱好,往往敷以浓墨重彩,而同时又憎恶普通的生活,竭力同日常生活的单调决裂。尤其是他爱好神秘因素。他在评价屠格涅夫时说过:“谁也不如这位最伟大的俄国小说家那样,善于让心灵掠过朦胧的陌生事物引起的战栗,并在奇异故事的半明半暗中让人看到不安的、不稳定的、咄咄逼人的事物组成的整个世界。”这段话适用于他自己。梅里美对神秘事物有特殊的偏爱,神秘气氛成为他的多篇小说所追求的目标。尽管浪漫主义是梅里美的中短篇小说的特色之一,然而,现实主义的手法应该说是他的中短篇小说创作的主导方面。梅里美力求描绘“一个时代能够显示风俗与性格的细小事实”,因此,他着意搜集准确的材料和写出真实的细节。他孜孜不倦地读书和调查，常常到博物馆和图书馆去搜集材料，了解风俗民情。作为历史文物总监和历史纪念碑的视察员，他游遍各地，凡所经之处，无不了解风尚习惯。在西班牙游历时，他了解瓦伦西亚的迷信风俗，同香烟女工和斗牛士交谈，十分乐意跟大路上的强盗并肩而行。另外，梅里美对现实的批判态度和怀疑精神，使他具有一种客观态度，这种态度表现为一种对笔下人物不断的讥讽。总之，这种对耳闻目睹的现象、对确切的事实、对准确的人情风尚的爱好和客观精神，使他成为名副其实的现实主义作家。梅里美将浪漫主义与现实主义巧妙地结合在一起的典型例子，莫过于《伊尔的维纳斯铜像》了。这篇小说是梅里美在第一次考察旅行的三十个月之后发表的。1834年7月，他前往法国西部考察历史文物，这次旅行最重要的收获，是他亲历了小说的故事情节所发生的那个环境。梅里美自己说过，他之所以有写这部小说的念头，是读了一篇中世纪的传奇故事，有的情节则参考了一些典籍和古希腊作家的作品。他是根据实地考察和以广泛的材料为依据来创作这篇小说的。梅里美十分注意自然风物和风土人情的描写。卡尼古山脉的倩影，塞拉博纳的圣徒像，当地的歌曲《熊熊燃烧的群山》，科利乌尔陈酒，炸玉米糕，乡镇的婚礼，这一切都绘声绘色，色彩斑斓，烘托出比利牛斯山脉一带的特殊风光和风俗。令人更感兴趣的是，梅里美在这篇小说中描绘的神秘和恐怖的气氛，他写得非常惊心动魄。梅里美在评论果戈理的艺术手法时说过："他知道写好一个怪异故事的诀窍：一开头就要把那些怪诞的、但却是可能存在的人物外部形象牢牢地确定下来，要把他们的相貌特征写得真实、分毫不差。从怪异到神奇，这一过程的转换是在不知不觉中完成的，当读者还没有觉察到现实世界已经远远地离开他们身后的时候，他们已置身于扑朔迷离的神怪世界中了。"梅里美在《伊尔的维纳斯铜像》中正是运用了这种艺术技巧。他描绘铜像就好似在刻画真实的人物，注重写出铜像的外部特征，并叙述一些怪异的现象：石子反弹，戒指套进铜像的手指以后脱不下来，制造恐怖感。当铜像扼死新郎的事实披露出来时，故事已进入尾声，令读者不可思议。二十世纪的法国作家拉尔博说得好："他在这部作品中成功地把一桩最不可思议的神奇事物赋予了最大的真实性。"梅里美也深为欣赏自己把浪漫主义与现实主义融合起来的手法，认为"这是一篇杰作"。

第四，梅里美拥有一种独特的叙述方式。他喜欢采用第一人称的写法，或者"我"是一个带领读者进入故事主体的工具。第一人称能使小说具有可信性，并且以一种明显的客观性向读者展现故事内容，增加情节的说服力。第一人称的叙述方法在十九世纪受到作家们的喜爱,巴尔扎克的短篇小说就很喜欢以第一人称来叙述故事,莫泊桑的短篇有一半是用第一人称来写的。可见,第一人称的写法标志着短篇小说发展到成熟阶段的一个重要艺术特点:十九世纪的作家认识到第一人称能增强故事的真实性和叙述的客观性,所以不厌其烦地使用这种方式。梅里美在采用第一人称的叙述方式时,往往保留了自己的真实身份:他时而以考古学家的真实身份进行考察,对当地的风土人情怀有极大的兴趣,《伊尔的维纳斯铜像》和《嘉尔曼》就是突出的例子。这种真实身份使读者带着信赖去读小说。很明显,考古学家的作用只不过是作为叙述情节的工具。然而,就因为叙述者是考古学家,所以他对风土人情的关注就是十分自然的事,他的身份给地方色彩的描绘提供了方便,真是一举两得。梅里美还不时跟读者进行间接的对话,评判小说人物的行动。他以这种方法与人物和情节保持一定的距离,他是小说情节的目击者或介绍者,叙述的是一个充满戏剧性的浪漫故事,文字轻灵自如,典雅而不流于纤弱,具有古典式的明快,不时闪耀出现实主义的洞察力。此外,梅里美善于安排作品的艺术意境,他不会让读者轻而易举就看透自己的意图和作品的艺术真谛,而是不断以一些富有启示性的描写挑起读者的兴趣,随着情节的进展,作品逐层深入地揭示出作者的真意。掩卷再思,读者会回味作品层出不穷的意蕴，内中的艺术美往往只可意会，难以言传，或者朦朦胧胧，含义因人而异，这正是梅里美的叙述艺术的高明之处。

第五，梅里美已开始注意心理描写。在大多数情况下，这种心理描写是简短的，不会长篇累牍，然而梅里美三言两语就抓住了人物的心理活动。例如，《马特奥·法尔戈纳》写到士兵用一块挂表去引诱孩子时，梅里美只用一段话去描写孩子的心理变化：

> “弗杜纳托斜睨着眼睛瞧着那只表，就像一只猫看着人家给它送来的一只整鸡似的。它似乎觉得别人在耍弄自己，不敢伸出爪子把它抓过来，它生怕自己抵御不住这样的诱惑，只好时不时地把眼光移到别处，可是它又不断地舔欲着嘴唇，仿佛要对它的主人说：‘你的玩笑开得太残酷了呀！’”

这段话把孩子受到诱惑，开始动心，却又不敢接受诱惑的心理写得活灵活现。梅里美用的是比喻手法，将孩子的心理用人们常见的猫欲扑食的情景传达出来。这段描写提供了孩子即将改变态度的心理基础，相当自然地写出了孩子的心理变换过程。《古花瓶》被看做是一篇心理小说，这个短篇刻画了一个虽然自我约束，却被人嫉妒中伤的人物。梅里美在开篇介绍主人公时,用的是心理分析方法,描写他尽管有一颗温柔和爱人的心,却遭到同伴们的嘲笑,因此,他只能把自己的心灵情感隐藏起来,这一来,在社交界,他获得了冷漠无情和漫不经心的恶名,使他无比痛苦,而他越是不愿意把心底秘密告诉别人,就越是痛苦得厉害。短短一段话,梅里美就把主人公压抑着的、受伤害的敏感心灵和盘托出。梅里美通过这个人物,剖析了人物的内心痛苦和曲折感受,进而把上层社会无情、自私、甚至险恶的人际关系描绘了出来。《攻占炮台》篇幅虽短,但梅里美与其说在描写具体事件,还不如说在描写人物的心灵活动,揭示出残酷的战争对主人公产生的影响。法国评论家法盖在评论这篇小说时指出:“梅里美运用他的全部想象力来揭示出人物的心理状态,把那些明显地展示内心感情层次的事件一一组合在一起。”总而言之,梅里美的心理描写往往通过人物面对具体事件来展现他的内心世界,有时则对人物的思想状态进行层次分明的剖析,这种手法丰富了他的艺术表现技巧。

综上所述,梅里美成为法国乃至欧洲杰出的中短篇小说家,绝不是偶然的。他继承了法国文学的优秀传统,又得到了发展中的艺术表现手法的启迪,并且吸取了外国作家的成功经验,从而把中短篇小说提高到一个崭新的高度,可以说在这一领域独擅胜场。

不过,从严格的意义上来说,梅里美的中短篇小说也还未达到尽善尽美的境界。纪德说过一句颇费思索的话,他认为梅里美的作品有一种“多余的完美”。梅里美的中短篇小说是不是还有一点斧凿痕迹呢?他对现实的反映不够直接、不够敏锐、不够深刻,应该说是他的中短篇小说存在的瑕疵。但这些缺点只不过是白璧微瑕,无损于梅里美所获得的杰出成就。

马特奥·法尔戈纳

从波尔托—维西奥港动身，沿着西北方向朝这个岛[①]的内地走去，人们便会发现地势突然之间升高了。三个小时的行程中，曲折蜿蜒的小路时而被大片大片的巨石堵塞，时而被一道道峡谷切断，之后便来到了一片十分宽阔的密密的杂木丛林边缘。在科西嘉，这样的丛林就是牧羊人和所有犯了法的人的家园。要知道科西嘉岛的农民常常把一片树林放火烧掉，为的是不必再花力气去施肥，不过倘若火势蔓延得过了头，就会碰上麻烦。但是无论如何，他们认为把地上的树木烧成灰，再在上面播种耕作，肯定可以获得一个好收成。这些农民们认为收割

① 指法国的科西嘉岛。

麦秆实在太吃力，所以只把麦穗割掉，而把麦秆留在地上。而埋在地下面的树根因为没有被烧死，来年春天一到，便又长出密密的小树丛，不用几年工夫，这些小树就会长到七八尺高。像这样生长出来的浓密的小树林，人们就把它们称为杂木丛林。这样的杂木丛林里有着各种各类的大树和灌木，它们乱七八糟地混杂在一起。人们只有拿着一把斧子才能够在这里打开一条通道。还有些地方，树木长得那么厚密，那么杂乱，连山羊也休想钻进去。

倘若你杀过人，那么就请你躲到波尔托—维西奥的杂木丛林里去吧，你只消带上一杆枪，备有火药和子弹，就准保可以平安无虞地打发日子。不过，请别忘了带上一件有风帽的灰褐色斗篷，它是可以用来做被褥的呢。那些牧人们自会给你送来牛奶、奶酪和栗子，你丝毫用不着害怕司法部门和死者家属的追究，当然，有时候你不得不进城去补充些弹药，这就是另外一回事了。

一八……年，我正在科西嘉岛，那时，马特奥·法尔戈纳的家就坐落在离这样的杂木丛林半法里①远的地方。他在当地是

① 一法里约合四公里。

一个家境颇为富裕的人，这就是说，他什么事都不做，仅仅靠着畜牧的收入便可以体体面面地生活，他的牲畜都是那些像是游牧民族的牧人们在山里跑来跑去为他放牧的。在我看到他的时候，已经是在我要讲述的这件事情发生的两年以后了，那时他看上去最多不过五十岁。这是个身材矮小的汉子，不过非常壮实，一头鬈曲的头发像煤玉似的乌黑发亮，长着一只鹰钩鼻子，两片薄薄的嘴唇，一对大眼睛炯炯闪光，面色就像皮靴的里子一样。他的枪法百发百中，在他的家乡有那么多的神枪手，但都难比得上他。比如说吧，马特奥打野羊的时候根本不用那种开花的霰弹，他可以在一百二十步开外的地方一枪打倒一只野羊，而且说打哪儿就打哪儿，随他高兴。他在夜里打枪和白天一样轻松顺手，像他这样的枪法，没去过科西嘉的人也许根本不会相信，但人们确是这样对我说的。在八十步外点着一支蜡烛，然后在它前面放上一张像盘子大小的透明的纸，他端起枪来瞄准，然后，人们把蜡烛熄灭，过了一分钟，他在一片漆黑的夜色中开枪了，结果总是八九不离十地打穿了那张透明纸。

马特奥·法尔戈纳有这样一手了不起的功夫，自然名声远扬。大家说他既是善良的朋友，又是可怕的敌手：他乐善好施，肯帮别人的忙，在波尔托－维西奥一带同任何人都可以和睦相处。但是，有人说在科尔特[1]——他就是在那个地方讨的老婆——他曾经非常凶狠地干掉了他的一个情敌，此人无论在战场上还是在情场上都同样令人望而生畏。可是那天他正对着挂在窗前的小镜子刮脸的时候突然被一颗子弹打中身亡，人们都说这事是马特奥干的。事情过去之后，马特奥才结婚成了家。他的妻子吉约瑟芭起初生了三个女儿（他为此简直气疯了），后来总算给他生了个儿子，他给他取名为弗杜纳托：他的家庭有了希望，他的姓氏也有了继承人。他的女儿们也都找到了好人家，只要他这个做父亲的需要，他的女婿们便可以动刀动枪地帮帮他的忙。他的儿子只有十岁，不过已经看得出是个挺有能耐的人。

一个秋天里的日子，马特奥一大早就和妻子一道离家外出了，他们是到丛林中的一块空地里查看一下他们的牲口群。小弗杜纳托本想和他们一起去看看，但那块林中空地实在太远了，再说也该留个人在家里看守房子，所以父亲没有让他跟着去：至于后来做父亲的是否为此事而感到懊悔，那我们不妨就看看下文吧。

他们已经走了好几个钟头了，小弗杜纳托一直安静地躺在地上晒太阳，他望着青蓝色的山峰，心里想着，下个星期天他就要到

---

① 科西嘉岛上的一个地名。

他那位做班长[1]的叔父家里去吃饭了。就在这时,突然间一声枪响打断了他的沉思,他站起来,转过身子朝着枪声传来的那片平原张望着。枪声接连着又响了几次,每次间隔的时间并不相同,但却越来越近。到后来,一条大汉终于从平原通往马特奥家的那条小路上出现了。此人头上戴着一顶山里人常有的尖顶小圆帽,长着一脸胡子,衣衫褴褛,手里拄着一杆长枪,吃力地朝前走着。他的大腿上刚刚中了一颗子弹。

这汉子是一个强盗[2],他在夜里跑了出来,进城去弄些火药,但在回来的路上中了科西嘉巡逻队的伏击。在进行了一番激烈的抵抗之后,他总算逃脱了性命,不过巡逻队仍然在他的身后紧追不舍,他只好边逃边凭借每一块山岩开枪还击。可是他并没有把后面的追兵甩得很远,因为他负了伤,不可能在被追上之前逃进丛林中去了。

他朝弗杜纳托身边走去,对他说:

“你就是马特奥·法尔戈纳的儿子吗?”

“是的。”

---

① 在科西嘉岛,班长原来是村民在反对封建领主的斗争中的领导人。现在则用来称呼那些颇有财产,亲信众多,在村民中有一定影响,并且实际上掌握着行政权力的人。——作者原注

② 此处“强盗”是“逃犯”的同义词。——作者原注

“我，我叫齐亚奈多·桑皮埃罗。那帮黄领子[1]在追赶我呢。请把我藏起来吧，我再也走不动了。”

“没有我父亲的同意就这么做，他会怎么说呢？”

“他会说你干得很棒。”

“这谁知道呢？”

“快一点儿把我藏起来；他们就要来到啦。”

“还是等我爸爸回来再说吧。”

“让我等？混账东西！再过五分钟，他们就要到了。好啦，把我藏起来，要不我就干掉你。”

弗杜纳托不动声色地回答说：

“你枪里的子弹已经打完了，你的皮腰带里也没有弹药了。”

“可我还有一把刀呢。”

“那你能不能跑得同我一样快呢？”

他纵身一跳，那强盗根本无法抓住他。

“你不是马特奥·法尔戈纳的儿子！你能这样眼睁睁地看着我在你家门口被人捉去吗？”

那孩子似乎动心了。

---

① 当时巡逻队士兵的制服是灰褐色的上衣，领子是黄色的。——作者原注

“要是我把你藏起来,你给我什么?”他说着便走了过来。

强盗在挂在腰带上的那只皮包里摸索了半天,掏出一枚五法郎的硬币,这大概是他特地留下来准备买弹药的。弗杜纳托看见银币,不禁眉开眼笑;他抓过钱来便对齐亚奈多说:

“不用怕。”

于是,他立刻在房子旁边的一大堆干草里扒开一个大窟窿,齐亚奈多缩身钻了进去,孩子又把它盖好,不仅为他留下一点通气孔,而且还不会让别人怀疑这草堆里藏着个人。他还要了一个十分巧妙而又机灵的花招。他跑去抱来一只雌猫和几只小猫,把它们放在干草堆上,以使人们相信在这之前谁也没有碰过这垛干草堆。然后,他发现房屋旁边的小路上洒有血迹,便小心翼翼地用碎土把它掩盖住。安排就绪之后,他又躺下来晒太阳,好像什么事也没有发生过似的。

几分钟以后,六个大兵,穿着黄领子的灰褐色制服,由一位军士带领着,在马特奥家门口出现了。这位军士和法尔戈纳还有点儿沾亲带故呢(大家都知道,在科西嘉,亲戚关系的范围要比别的地方广泛得多)。他的名字叫蒂奥托罗·冈巴,这个人很能干,已经抓到过好几个强盗,因此,强盗们都对他惧怕三分。

“你好,大侄子,”他边走上前来边对弗杜纳托说,“你长得这么高了！你刚才是不是看见有个男人从这儿走过去？”

“哦！我还没有长到像你这么高呢，大叔。”孩子回答说，装出一副傻相。

“你会长得同我一样高的。告诉我，你是不是看见一个男人从这儿走过？”

“我看见过一个男人？”

“是的，是一个男人，他戴着一顶黑丝绒的尖顶圆帽子，身上穿的是件绣着红、黄两色花纹的上衣，不是吗？”

“戴着圆顶尖帽，穿着红黄色花纹上衣的男人吗？”

“对呀，快对我说了吧，别重复我的问话。”

“今天早上，本堂神甫先生从我家门前走过，还骑着他那匹名叫皮埃罗的马。他问我爸爸的身体好不好，我对他说……”

“啊，小调皮鬼，你在耍花招啊！快点儿对我说，齐亚奈多是打哪一条路走的，因为我们正在找他，我可以肯定他是从这条小路走过去的。”

“谁知道？”

“谁知道？就是我，我知道你看见过他。”

“一个正在睡大觉的人能看到有人从这儿走过吗？”

“你没有睡大觉，小捣蛋鬼；枪声早已把你惊醒了。”

“难道你真以为你们的枪声竟会这么响吗,我的大叔?它们比我爸爸的火枪要差得远啦。”

“见你妈的鬼去吧,可恶的小坏蛋!我可以断定你看到过齐亚奈多。说不定你还把他藏起来了呢。动手吧,伙计们,进屋子里瞧瞧咱们要找的那个人在不在这里。他只剩下一条腿,跑不动了,再说这个混蛋挺聪明的,不会一瘸一拐地往树林里钻的。而且他的血迹到这里也就不见了。”

“爸爸会怎么说呢?”弗杜纳托一边冷笑着,一边问,“要是他知道了当他外出的时候有人走进他的家里来搜查,他会怎么说呢?”

“小坏家伙,”冈巴军士揪住孩子的耳朵说,“你知道不知道,只消我一句话就可以让你换一副腔调?我要是用刺刀背揍你二十下,大概你就会说实话的。”

弗杜纳托一直冷冷地笑着。

“我的爸爸是马特奥·法尔戈纳。”他得意地说。

“放明白点儿,小调皮鬼,我可以把你带到科尔特或是巴斯蒂亚[1]去,让你睡在地牢里,戴上脚镣躺在干草堆上;要是你不说出齐亚奈多·桑皮埃罗在什么地方,我就让人把你送上断头台。”

---

① 科西嘉岛上的一个著名的商业城市。

听到他这个可笑的恫吓，孩子不禁哈哈大笑起来。他重复着说：

“我的爸爸是马特奥·法尔戈纳。”

“军士，”一个士兵压低声音说，“我们还是别跟马特奥过不去吧。”

显然，冈巴十分难堪。他小声地同士兵们交谈了一阵，那些士兵早已把整个屋子查看了一遍。干这种事情是用不了多久的，因为科西嘉人的小屋子只不过是一个四四方方的房间罢了。家具也只是一张可以用作床的桌子、几条长凳、几只衣柜，还有一些打猎的用具或生活用品。这时候，小弗杜纳托正在那里抚弄着他的小猫，他看到那群士兵和那位大叔的尴尬相，仿佛恶作剧似的正感到高兴呢。

一位士兵朝那堆干草走去。他看见了那只小猫，随后又漫不经心地往草堆里刺了一刀，他耸耸肩膀，似乎觉得像他这样小心谨慎实在可笑。草堆里没有一点动静，孩子的脸上也绝无半点异样的表情。

军士和他的士兵们实在无计可施了，便煞有介事地朝着平原那边张望着，好像打算要从他们来的那个方向折回去似的。这时候，他们的队长明白对法尔戈纳的儿子任何威吓都是无济于事的，于是便想再作最后一次努力，尝试一下软商量和送礼物的功效。

“大侄子，”他说，“我看你是个懂事的小伙子！你会很有出息的。可是，你现在跟我捣鬼，要不是我担心给我的兄弟马特奥惹麻烦的话，去他妈的，我就要把你带走。”

“哼！”

“不过，等大兄弟回来，我会把这事儿告诉他的，他准会用皮鞭把你抽得浑身出血，来惩罚你说谎的过失。”

“是这样吗？”

“那就走着瞧吧……可是，你瞧……要是你做个诚实的孩子，我可以送你一点儿东西。”

“我嘛，大叔，我倒要提醒你，要是你再这样拖延时间，那个齐亚奈多可就逃进丛林中去了，到那时要去抓他的话，只有一两个像你这样大胆的人是绝对不够的。”

军士从他的衣袋里掏出一只银质的挂表，价值十个埃居以上，他看出小弗杜纳托瞧见这只表的时候，两只眼睛闪烁出光彩。他拎着这只表的钢链，对他说：

“小无赖！你大概很想弄到像这样的一块表在你的脖子上挂一挂吧，那样你就可以像只孔雀似的在波尔托—维西奥的大街上大摇大摆地兜风啦；人们就会问你：‘现在几点啦？’你也就能告诉他们:‘看我的表吧。’”

“等我长大了,我的班长叔叔会给我一只表的。”

“对,不过你叔叔的儿子早已经有了一只啦……说真的,没有这一只漂亮……可他的年龄比你还小哪!”

孩子叹了一口气。

“怎么样? 你是不是想要这一块表呀,大侄子?”

弗杜纳托斜睨着眼睛瞧着那只表,就像一只猫看着人家给它送来的一只整鸡似的。它似乎觉得别人在耍弄自己,不敢伸出爪子把它抓过来,它生怕自己抵御不住这样的诱惑,只好时不时地把眼光移到别处,可是它又不断地舔舐着嘴唇,仿佛要对它的主人说:“你的玩笑开得太残酷了呀!”

然而,冈巴军士倒像是诚心诚意要把这只表送给他。可弗杜纳托却没有伸出手来,他苦笑着对他说:

“为什么你要耍弄我呢?”

“天哪! 我没有耍弄你。只要你对我说一句齐亚奈多藏在哪儿,这只表就归你了。”

弗杜纳托露出怀疑的微笑,他那双乌黑的眼睛紧紧地盯住军士,竭力想从中看出他说的话是否当真。

“要是我不按照我说的话把这只表送给你,我就要被革职罢官!”军士大声吼道,“我的伙计们全都是见证人,我可不会说话不算数的。”

他一边这样嚷着,一边不停地把表凑过来,几乎要擦到孩子的那张苍白的脸。显然,在孩子的脸上清清楚楚地流露出他内心里的一场斗争。一方是他的贪婪,一方是对客人的信义。他那敞开的胸部激烈地起伏着,仿佛就要透不过气来似的。然而,那只表却仍在摇晃、转动,有时候还触到了他的鼻子尖上。到后来,他的右手慢慢地抬了起来,向着那只表伸过去:他的手指尖碰到表了,随即,整个表都落到了他的手中,但是军士拉住表链的手并没有松开……表面呈天蓝色……表壳是最近擦过的,锃亮锃亮……在阳光的照耀下,这只表就像一团火似的……它的诱惑力太强烈了。

弗杜纳托又举起了左手,用大拇指在肩膀上指了指他背后的那一垛干草堆。军士立时恍然大悟,他松开了表链。弗杜纳托感到这只表属于自己所有了,他像一只黄鹿似的轻捷地站了起来,向着那堆干草以外的地方走出了十步。于是,士兵们便立即动手翻弄开了。

过不了多久,只见干草堆动来动去,一个汉子从里面露出来了。他浑身是血,手里还握着一把匕首。他挣扎着竭力想站立起来,但他的已凝结了的伤口使他无法站立住,便又跌倒在地。军士一下子扑了上去，夺走了他的那把匕首。紧接着，人们便把他结结实实地捆了起来，任凭他怎样抗争也无济于事。

齐亚奈多躺在地上，像一捆柴火似的被紧紧地绑作一团，他掉过头来看着向他走来的弗杜纳托。

“小杂种!”他向孩子吼道，声调里鄙视多于愤慨。

孩子把从他那儿得到的那枚银币又扔给了他，他感到自己已经不配再有这枚银币了。不过，这个逃犯却似乎没有注意到孩子的这一举动。他对军士说，语气十分镇定：

“亲爱的冈巴，我走不动了，你们只好把我抬到城里去了。”

“可你刚才却跑得比鹿还要快，”那位可怕的得胜者回答说，“不过，你放心好了，能把你抓到手，我是太高兴了，哪怕背着你走一法里我也不会累的。再说，伙计，我们会用树枝和披风来为你弄一副担架，等到了克莱斯波利那个地方，我们自然就会弄到马匹了。”

“那好吧，”囚犯回答说，“如果这样就请你在你们的担架上铺一点干草，我可以更舒服一点。”

士兵们七手八脚地忙起来了，一些人找来栗树枝做担架，而另一些人则为齐亚奈多包扎伤口。就在这时，马特奥·法尔戈纳和他的妻子突然出现在通向丛林的那条小路的转弯处。妻子弯着腰，费力地往前挪着步子，她的身上背着一大袋沉甸甸的栗子，她的丈夫却显得神气活现的，他的手里只有一支枪，另一支挂在腰间的皮带上，这是因为当地的男人觉得除了枪支之外，携带其他物品是件很丢脸的事。

马特奥一看见士兵，第一个念头就是这些人是来捉他的。他为什么会这样想呢？莫非马特奥同司法部门之间有什么纠葛？不，不是。他是一个声名卓著的人，正像人们所说，是个“颇有声望的家伙”。不过，他总是个科西嘉人，又是一个山里人，而倘若回首往事的话，很少有科西嘉的山里人没有犯下过这样那样的小过失，比如动刀动枪或其他种种微不足道的小事。马特奥比任何人都要心地坦然，因为十多年来他没有对什么人开过枪。不过他仍然十分小心谨慎，马上就做好了准备，一旦必要的话便动手防卫。

“老太婆，”他对妻子吉约瑟芭说，“把口袋放下，赶快准备好。”

她立即听从了他的吩咐。他怕皮带上的那支枪碍手碍脚，便交给了她。他把手里的枪支装上火药，随即便沿着路边的树木向自己的家里慢慢地走去。只要稍有敌对的举动，他随时都可以藏到那棵最粗大的树干后面，隐蔽地开枪射击。他的妻子紧紧地跟在他的身后，手里拿着他那支替换的枪和弹药袋。一位出色的家庭主妇的职责，就是在战斗的时候为自己的丈夫上弹药。

而在军士那一方呢，他看着马特奥持枪向前，手指扣着扳机，这样一步一步地走过来，心里感到十分不安。

“假如事不凑巧，”他说，“马特奥跟齐亚奈多是亲戚或是朋友，假如他又想保护他，那么，他两支枪的火药就会打中我们之中的两个人，就像把信丢进邮筒里一样百发百中。而倘若他连亲戚情分也不顾，居然朝我瞄准……”

他不知该如何是好，于是做出一项非常大胆的决定，打算只身一人走到马特奥的身边去，像个老相识似的把事情的经过原原本本地对他聊一聊。可是在他看来，他与马特奥之间的那一点点距离实在长得怕人。

“啊！喂！我的老伙计，”他大声嚷道，“好朋友，这一向好吗？是我呀，我是冈巴，是你的表弟呀。”

马特奥一声不响地停下了脚步，就在军士说话的时候，他把他的枪口慢慢地丁向上抬起，而当军士走到他身边的时候，他的枪口已经指向天空了。

“你好啊，兄弟，”军士说着，向马特奥伸过手去，“好多日子没有见到你了。”

“你好，兄弟。”

“我路过此地，到这儿来向你、向吉约瑟芭大嫂问好。今天我们跑了不少路，不过，我们没有必要叫苦。因为我们逮到了一个大家伙，我们刚刚把齐亚奈多·桑皮埃罗抓住了。”

“谢天谢地！”吉约瑟芭叫道，“上星期他还偷去了我们的一只奶羊呢。”

这几句话使冈巴大为高兴。

“可怜的家伙！”马特奥说，“那是因为他肚子饿呀。”

“这个家伙像头狮子似的，拼命挣扎反抗。”军士又说，显得略有些低声下气，“他打死了我的一个士兵，可这还不够，他又把沙尔冬班长的一只胳臂打断了；不过，没什么，班长只不过是个法国人……随后他便躲起来了，连个鬼影也找不到。若不是弗杜纳托大侄子帮忙，我实在没法子把他找到。”

“弗杜纳托！”马特奥吼道。

“弗杜纳托！”吉约瑟芭也叫道。

“是呀，齐亚奈多就藏在那边的干草堆里，可是我那大侄子把他的鬼花招给我说穿了。我得把这件事对他那位当班长的叔叔说一说，让他弄一件像样的礼物送来谢谢他的这一功劳。我还要给总检察官打报告，把他的名字和你的名字都写上去。”

“真该死！”马特奥低声咒骂道。

他们和小分队会合在一处了。齐亚奈多已经躺在担架上，正准备上路。他看见马特奥和冈巴待在一起，脸上便浮现出异样的笑容。随后他转身向着马特奥的家门，朝着门槛啐了一口，说：

“奸细人家！”

只有决心一死的人才有胆量冲着法尔戈纳骂“奸细”这个字眼儿。要洗雪这种耻辱，本来只消一匕首刺过去就行，再没必要刺第二下。可是马特奥心里沉甸甸的，用手托着脑袋，其他什么也没有做。

弗杜纳托看见父亲走过来时便回到屋里去了，他很快地又走了出来，手里端着一大碗奶，他低着头把它送给齐亚奈多。

“滚远点儿！”逃犯大喝一声，声音像巨雷似的。

随后他转身朝着一个士兵说：

“伙计，请给我点水喝吧。”

那士兵把一个水壶放在他的手里，于是这个强盗便把这个刚刚同他交过火的人送来的水喝下去了。然后，他又央求人们把他的两只手绑到胸前，不要捆在背后。

“我这个人喜欢舒舒服服地躺着。”他说。

士兵们很快地顺着他的意思办了，接着军士下令上路，他向马特奥说了声“再见”，便加快步子向平原那边走去。马特奥却一声也没有回答他。

十来分钟过去了，马特奥依然紧闭着嘴唇，一句话也不说。孩子望了望母亲，又望了望父亲，神色有些不安了。他的父亲拄着那支枪盯住他看，眼里放射出怒火。

“你一开头就干得很漂亮!”马特奥终于说话了，不过语调很平静，但是了解他的人却感到浑身发抖。

“爸爸!”孩子叫了一声，眼里饱含着泪水，似乎就要扑倒在他的脚下。

可是马特奥又向他吼了起来:

“别靠近我!”

孩子停下不动了，他站在离父亲几步远的地方抽泣着，一动也不动。

吉约瑟芭走了过来，因为她刚刚发现弗杜纳托的衬衣里露出一截表链。

“这只表是谁给你的?”她厉声问道。

“军士大叔。”

法尔戈纳抓过表来，使劲向一块石头扔去，那块表立刻被砸得粉碎。

“老太婆，”他说，“这样的孩子也是我的?”

吉约瑟芭的褐色面庞立时变得像砖头一样通红通红:

“你说的是什么话，马特奥？你知道你这是在对谁说话？”

“那好吧，这孩子就是他家族里的第一个叛贼。”

弗杜纳托哭得越发厉害了，他抽泣着，哽咽着，法尔戈纳的那犹如利剑一般的眼光紧紧盯着他。最后，法尔戈纳用他的枪托狠狠地击了地面一下，随即把它扛在肩上。他再一次走上那条通往丛林的小路，又大声吆喝弗杜纳托跟在他的身后。孩子服服帖帖地照办了。

吉约瑟芭跑上前来，抓住马特奥的胳臂。

“他是你的儿子啊，”她对他说，声音已经发抖了。她的一双乌黑的眼睛盯着丈夫的眼睛，仿佛要看透他心里究竟在想什么。

“不用你管，”马特奥回答说，“我是他的父亲。”

吉约瑟芭抱吻了儿子，便哭泣着走进自己的屋子。她在一幅圣母像的前面跪下来，虔诚地做祷告。这时候，法尔戈纳已经顺着小路走了大约二百步远，在一处小洼地停了下来。他走下去，用枪托敲打着地面，发现这里的土地很松软，挖起来并不费事。在他看来，这地方很合适，他可以按计划行事了。

“弗杜纳托，到那块大石头边上去。”

孩子照他的话办了，然后跪下来。

“祈祷吧。”

“爸爸，爸爸，不要杀我。”

“祈祷！”马特奥又吩咐一遍，声调十分可怕。

孩子一边呜咽着，一边结结巴巴地背诵着《天主经》和《信经》。每一段经文念完之后，父亲都高声地说一句：“阿门！”

“你背得出的经文都背了吗？”

“我还会背《圣母经》和婶婶教我的经文，爸爸。”

“这很长呀，没关系，背吧。”

孩子背完经文的时候，声音已经很微弱了。

“全都念完了吗？”

“啊！爸爸，饶了我吧！原谅我吧！我再不那么干啦！我会尽力让班长叔叔开开恩放过齐亚奈多。”

他还在说个不停，马特奥已经装上弹药，他举起枪瞄准孩子，对他说：

“愿上帝饶恕你吧！”

孩子绝望地挣扎着站起来，打算抱住爸爸的膝头。可是太迟了，马特奥开枪了，弗杜纳托立时倒地身亡。

马特奥对尸首连瞧也不瞧一眼，便走上了回家的小路。他想去找一把铁锹把儿子埋葬起来，还没走上几步便遇见了吉约瑟芭，她听到枪声，吓得奔了过来。

“你在干什么?”她大声问。

“伸张正义!”

“他在哪儿?”

“在洼地里。我这就去把他埋掉。他做了祷告之后才死的,我要为他做弥撒。叫人去告诉我的女婿蒂奥托罗·比昂西,让他跟我们住在一起吧。”

王聿蔚 译

塔芒戈

勒杜船长是一个精明干练的海员。起先他只是个普通水手，后来当上了副舵手。在特拉法尔加一役[①]中，他的左手被一块爆裂开的木片打碎了；左手被截掉以后，他带着对他颂扬备至的证书被解职了。赋闲休养的生活他不习惯，又正碰上有重操旧业的机会，就上了一条私掠船[②]去当二副。经过几次掠夺，他挣到了一些钱，足够他购置些书籍来研究航海理论，关于这方面的实际经验，他是

① 特拉法尔加一役：特拉法尔加为西班牙一海岬。1805 年 10 月 21 日，英国海军名将纳尔逊在此与由维尔纳夫海军上将指挥的法国和西班牙联合舰队作战，纳尔逊在此役中阵亡。

② 私掠船：一种在战时专门抢劫敌方商船的私人武装船只，这种行动得到本国政府的同意。

很丰富的。随着岁月的流逝，他已被擢升为一艘配有三门大炮，六十名水手的三桅私掠船的船长了，泽西岛上的近海航行的水手们至今还记得他的英勇事迹。和平[①]使他灰心失望：因为他原指望靠英国人把他在战争期间积攒起来的一小笔财富再增加一些的。现在战争结束，他只能为和平的商人服务。由于他是以果敢、坚毅、经验丰富著名的，别人很放心地就把一条船托付给了他。当时，贩运黑奴已经被取缔，要干这种勾当，不仅必须逃过法国海关税吏们的检查——这并不太困难——还非得逃过英国的巡洋舰不可——这才是最危险的。因此勒杜船长在那些做乌木生意的人[②]的眼里，不消说是个出类拔萃的人物。

大多数海员做惯了像他过去那样的下属以后，都会变得唯唯诺诺，萎靡不振；他却迥然不同，对革新创造并不厌恶，也没有一般海员高升后常有的因循守旧的作风。与此相反，勒杜船长还是第一个向船主建议用铁箱储存淡水的人。在他船上，载运黑奴的船只所必备的镣铐和锁链是按照新式样锻铸的，还仔细地油漆过以防生锈。但使他在奴隶贩子中获得最高声誉的却是他亲自监造了

---

① 和平：指拿破仑失败后，英法之间签订和约以后带来的和平。

② 做乌木生意的人：黑奴贩子们的自称。——原注

一艘专门贩运黑奴的双桅帆船这件事;一条像战舰似轻巧、狭长的帆船,居然容得下一大批黑奴。他命名这条船为“希望号”。按他的设计,那狭窄低矮的下舱只有三尺四寸高。据他说这样的高度已足够让那些中等身材的奴隶坐得舒舒服服的了;再说,他们有什么站起来的必要呢?

“到了殖民地,”勒杜说,“他们只会嫌站得太多呢。”

黑奴们背靠船舷,面对面坐成两排,在脚中间留出一条狭长的空地。在别的黑奴船上这块空地是当做通道用的。勒杜却别出心裁地在这条人巷间又另外嵌进了几名黑奴,让他们横卧在这两行坐着的黑奴中间。这样安排以后,他这条船比别的和它同吨位的船要多载上十来名黑奴。如果再精打细算一些的话,当然还可以塞几个;但总得讲点儿人道吧。在六个多星期的航行期间,至少总得留给每一个黑奴五尺长、二尺宽的地位动弹动弹吧。“因为,”勒杜在对他的船主解释这项开明措施时说:“归根结蒂,黑人毕竟和白人一样,都是人嘛!”

“希望号”在一个星期五于南特①启碇,有些迷信的人事后注意到这个不祥的日期②。海关检查员们仔细地检查了这条双桅帆

---

① 南特:法国城市,位于法国西南卢瓦尔河下游。

② 西俗认为星期五是不吉利的日子。

船，却没有发现六只大箱子，那里面装满了锁链镣铐和一些不知道为什么被称作“正义之棒”的铁棍子。他们对“希望号”不得不带的大量淡水也毫不为怪，而这条船的证明文件上只是说去塞内加尔①做木材和象牙生意的。那么说，航程并不远，但有备无患嘛！如果船只正巧碰上风息全无的天气，动弹不得，没有淡水怎么办？

“希望号”就这样在星期五启碇了，一切装备齐全。可能勒杜还嫌船桅不够结实；不过他既然是一船之主，也没有什么可以抱怨的了。帆船顺利迅速地抵达了非洲海岸，（我想是）在英国巡洋舰掉以轻心的一段海岸之内的霍亚尔河口抛了锚。当地的黑奴贩子的掮客立即就上了船。机会好得简直不能再好了，当地有名的黑人武士兼奴隶贩子塔芒戈，刚刚把一大批奴隶押送到海边来，准备廉价脱手；因为他自认为在当地他的商品缺货的时候，他有能力和办法迅速收集补充。

勒杜船长上岸拜访塔芒戈。他在一个匆匆为塔芒戈搭起来的茅草棚里见到了他，伴随着塔芒戈的是他两个妻子、几个下手和几个奴隶监头。为了接待白人船长，塔芒戈已经打扮了一番。他穿了一件蓝色的旧军服，上面还绣有班长军衔的袖章；可是在每一个

---

① 塞内加尔：西非国名，当时为法国殖民地。

肩膀上的纽扣上,都挂着两个金肩章,一前一后地在来回晃荡。他没有穿衬衫,这件军服对他这样身材的人又太短了些,因此在他的军衣的白色衬里和几内亚土布的短裤之间露出了一大段漆黑的皮肤,如同一条宽阔的皮带一样。一把骑兵用的大腰带用一根绳子拴在腰间,手里握一管英国出品的漂亮的双铳枪。经过这一番打扮后,这位非洲武士就自以为在风度上已经超过巴黎或者伦敦的穿戴得最讲究的花花公子了。

勒杜船长默默地把他打量了一会儿。塔芒戈雄赳赳地站着,活像一个接受外国将军检阅的禁卫兵,自以为他的仪表给了白人好印象而有点儿沾沾自喜。勒杜用行家的眼光打量了他一番以后,回过头去对他的下属说:

"这个家伙真棒!假如可以运到马提尼克岛①不受损伤的话,至少可卖他一千个埃居。"

大家坐下了。一个懂得一些约洛弗②土语的水手充当翻译,交换了几句初次见面的客套话。一个小水手送上一篮瓶装烧酒。大家喝了起来。船长想使塔芒戈心情开朗,送了他一只美丽精致的

---

① 马提尼克岛:西印度群岛中一个大岛。

② 约洛弗:塞内加尔最大一个部族。

黄铜火药罐，上面刻有拿破仑的浮雕像。礼品被彬彬有礼地接受了。这时，大家走出草棚，坐在树荫下，面前摆着一瓶瓶烧酒。塔芒戈做了个手势叫人把他要出售的奴隶押上来。

奴隶们排成一行出现了。由于疲惫和害怕，他们的身体伛得低低的。每个奴隶颈项里都卡着一根六尺长的大木叉子，叉子的两个尖端在贴颈背处用一根小木棒连接住。要前进时，由一个监头把第一个奴隶的叉柄扛在肩上，后者扛着紧跟在他后面的第二个奴隶的叉柄；第二个奴隶又扛着第三个奴隶的叉柄，这样一个个接下去。如果要他们止步，领头的把木叉柄的尖端往地里一插，整个队伍立即就停下来了。显而易见，一个人脖子里卡了这样一根六尺长的粗木棍，要想奔跑逃窜是根本不可能的了。

对每一个走过他面前的男女奴隶，船长都不屑地耸了耸肩。他觉得男的全太瘦弱，女的不是老态龙钟、就是年轻稚嫩，不免抱怨起黑色人种越来越不景气了。

他说："一切都在退化。过去就大不相同，妇女都有五尺六寸高。只消四个男子就能转动一艘战列舰的绞盘，升起主锚。"

尽管嘴上在埋怨，他还是首先挑选了一批最强壮最中看的黑人。这些他拣中的奴隶，他愿意按市价付款；但剩下来的那些，他要大大地杀价。塔芒戈这方面却尽力维护自己的利益，吹嘘他商品的精美，诉说着货源的稀少和贩运黑奴所冒的风险。最后，他对白人船长想装上船的那些奴隶，要了一个我也不太清楚的价钱。

翻译刚把塔芒戈要的价钱译成法语，勒杜吃惊得差一点仰面跌倒；接着，他咕咕哝哝讲了几句骂人的脏话，站起来似乎不准备继续和这样一个蛮不讲理的人做买卖了。这时，塔芒戈又留住他，费了好大的劲才使他重新坐下，接着又开了一瓶烧酒，重新开始讲价钱。这次轮到黑人觉得白人还的价钱太岂有此理、莫名其妙了。大家嚷着、吵着，争了好久，一面拼命灌烧酒。可是烧酒在买卖双方身上起了截然不同的效果；法国人酒喝得越多，出的价钱越少；非洲人酒喝得越多，作出的让步越大。因此，一篮子烧酒喝完，协议也达成了。一些劣等棉布和一些火药、打火石、三大桶烧酒、五十支修修补补的步枪，换了一百六十名奴隶。船长为了表示买卖已经做成，和已经喝得半醉的塔芒戈击了一下手掌。这些奴隶顿时被移交给法国水手，水手们赶忙除下这些奴隶颈上的木叉子，换上铁制的颈枷和镣铐，充分显示了欧洲文明的优越性。

还剩下三十名奴隶；全是些孩子、老头和病恹恹的妇女，但船已经装满了。

塔芒戈无法处理这些废物，向船长提出，情愿以一瓶烧酒换一名的代价让给他。这样的建议是很有吸引力的。勒杜回忆起在南特演出《西西里的晚祷》[1]时，他曾看到过一群脑满肠肥的观众涌进了已经坐满的戏院子，由于人类身体的可伸缩性，这些人竟然还是挤着坐下了。所以他又要了三十名奴隶中身材较瘦小的二十名。

对最后剩下来的十名奴隶，塔芒戈只要一杯烧酒便肯换一个了。勒杜又想起在公共车辆里孩子是只买半票的，而且只占半个座位。因此他又要了三个孩子；但他声明再多一个也不要了。塔芒戈看到手上还剩下七名奴隶，就抓起他的双铳枪，瞄准走在前面的一个妇女，她是那三个孩子的母亲。

"买下来！"他对白人说，"不然我就毙了她；一小杯烧酒，否则我就开枪。"

"我要她有什么鬼用？"勒杜回答说。

塔芒戈扣动扳机，这个女黑奴倒在地上死了。

"好吧，下一个！"塔芒戈嚷着，一面瞄准一个衰弱不堪的老头儿，"一小杯烧酒，否则……"

他的一个妻子拉了一下他的胳膊，子弹斜飞了出去。因为她

---

① 《西西里的晚祷》：系法国作家加西米尔·特拉维涅（1793—1843）所写的五幕悲剧，1819 年首次公演时曾轰动一时。

刚刚认出她丈夫就要射击的老头儿是一个巫师。这个巫师曾预言她将来要成为王后的。

被烧酒灌得发了狂的塔芒戈发现竟然有人敢于违背他的意志,愤怒得控制不住自己了。他用枪托狠狠地殴打自己的妻子;接着,他转身向勒杜说:

“喂,我把这个女人送给你!”

她长得很漂亮,勒杜笑眯眯地瞧了瞧她,一把抓住她的手说:

“我会好好安排她的。”

翻译比较人道,他给了塔芒戈一只硬纸板做的鼻烟盒,向他要下了剩下的六名奴隶。他卸下了他们的木叉子,告诉他们随便去哪儿都行。一下子他们全都逃走了;有的走这儿,有的走那儿。他们的家乡离海岸有二百多法里,真不知该向何处逃跑才好。

这时候,船长向塔芒戈告辞,忙着要尽快把他的货物装上船。待在河上太久是不安全的;可能再次出现巡洋舰,他想明天就张帆启碇。这时塔芒戈正躺在草地上的阴影里睡觉,等着酒醒。

塔芒戈一觉醒来,双桅船已经扬帆开出河去。因为隔夜的大醉,头脑还有些昏昏沉沉,他要他妻子爱歇来。有人回答他说他的妻子不幸冒犯了他,已被他作为礼物送给白人船长,白人船长已经把她带到船上去了。一听到这个消息,塔芒戈又惊又怕,把自己的脑袋捶了一通，捡起他的双铳枪，抄最近的小道，直奔离海口半法里路的一个小海湾；因为这条河流在注入大海以前有几处迂回曲折。他希望在那里找到一只小船，可以用它来赶上大船，大船可能因为河道弯曲而影响它的航速。他估计得不错，果然及时跳上一条小船，追上了那条贩运黑奴的大船。

勒杜见他赶来觉得很奇怪，尤其听说他是来讨还妻子的更觉诧异。

“送了人的东西是不可以讨还的。”他回答说。

勒杜说完便背过身去不再睬他。

塔芒戈坚持要讨还，情愿归还一部分他用奴隶交换来的物品。船长哈哈大笑，说爱歇这个女人非常出色，他要自己留下。听到这样的回答，塔芒戈号啕大哭，悲痛的吼叫声凄厉得像出自一个正在接受外科手术的病人。他一会儿在甲板上翻来滚去，呼天抢地地呼唤他亲爱的爱歇；一会儿又寻死觅活地把头往船板上撞。船长始终不为所动，对他指着河岸，挥手告诉他是滚蛋的时候了；但塔芒戈仍不甘罢休。他甚至献出了他的金肩章，他的双铳枪和他的腰刀，但是毫无用处。

在一片混乱的争吵声中，“希望号”的大副对船长说：

“昨天晚上我们死了三个黑奴，船上有空地方。为什么我们不把这个身强力壮的混蛋抓起来？他一个就比死去的三个还值钱。”

勒杜暗暗盘算了一下，塔芒戈足值一千个埃居，而且，这次看来油水很大的出航也许是他最后一次远涉重洋了；他发了财以后，就准备不再做奴隶买卖了。在几内亚海岸留下好声誉或坏名气对他毫无关系。再说现在岸上荒漠无人，这个非洲战士完全在他手掌之中。紧要的是要解除他的武装；在他手里还握有武器时，要逮住他是很危险的。主意拿定，勒杜就向他要枪，装作要看看货色，确定一下他的双铳枪是不是抵得上美丽的爱歇。在拨弄机件时，他有意把起爆管里的火药倒掉了。大副假装要试试他的腰刀；塔芒戈武器一离身，两个剽悍的水手就冲他扑了过去，把他打翻在地，准备把他捆绑起来。塔芒戈的反抗非常英勇，从开始的一时懵懂中醒悟过来后，尽管处境不利，他还是和这两个水手拚打了好些时候。仗着天生神力，他终于又站了起来。他狠狠一拳把一个抓住他领口的水手打得跌倒在地，留了一块上衣的破片在另一个水手手里，便发疯似的冲向大副，想夺回他的腰刀。大副挥刀在他头上砍了一下，砍出一条长长的口子，但并不太深。塔芒戈第二次栽倒在地上。大家立刻涌上来把他的手脚牢牢缚住了。他发出阵阵怒吼，像落入猎网的野猪一般反抗挣扎；但当他看到任何抵抗都已无济于事时，就闭住眼睛，纹丝不动了。只是因为他还在急促而剧烈地喘气，才证明他还活着。

“好啊！”勒杜船长嚷道：“那些被他卖掉的黑人看到他也成了奴隶中的一员一定会高兴死了！这一下他们真要相信苍天有眼了！”

这时，塔芒戈血流如注。昨晚救了六个黑奴性命的软心肠的翻译走过来，替他包扎伤口，同时劝慰了他几句，究竟对他讲了些什么，我也不知道。塔芒戈还是像具尸体一样僵卧不动。只得来两名水手把他像抬邮包一样抬进下舱，放在指定给他的地方。两天内，他不吃不喝，几乎连眼睛也不睁。过去曾是他阶下囚的难友们看见他也出现在他们中间都不胜惊愕。他留给他们的恐怖印象极其深刻，以致竟没有一个人敢于嘲笑这个过去使他们遭受不幸的人今天所受的苦难。

陆地上吹来一阵好风，帆船迅速地离开了非洲海岸。船长已经不再为英国的巡洋舰提心吊胆了，他一心只想着在殖民地等着他的巨额利润，眼下他的船正在往那儿驶去。他的乌木情况良好，没有什么损伤，毫无传染病迹象。只有十二名最瘦弱的黑人经不住酷热死去了：这也算不了什么。为了让他这批“人货”尽量少受些旅途的劳顿，他小心翼翼地把他的奴隶每天都押上甲板来。这些可怜虫每天分三批走上甲板尽情呼吸一小时新鲜空气，以供一天之用。有一部分水手全身武装地监视他们,以防暴动:出于谨慎考虑,从来不完全卸掉他们身上的刑具。有时候,一个会拉小提琴的水手为他们拉一支曲子。这时候那些漆黑的面庞会一齐转向演奏者,脸上呆板的绝望表情渐渐消失,发出爽朗的笑声,在他们镣铐允许的范围内拍着手掌,你如果看到这样的场面一定会惊奇不已。体操有益于身体健康;因此勒杜船长有一项健身措施就是经常命令奴隶们跳舞,马匹在长途航运中要不时驱使它们以前蹄击地就是这个模样。

"来吧,孩子们! 跳舞吧,开开心!"船长用雷鸣般的声音吼叫着,一边把一根驿站马车使用的又粗又长的马鞭子挥舞得噼啪作响。

可怜的黑奴们立刻跳起来了,舞起来了。

塔芒戈由于伤势未愈,有一段时间留在舱下。终于他也出现在甲板上了。起先,他在这群胆战心惊的奴隶中傲然地昂起了头,对船外一望无际的海水悲伤而平静地扫了一眼。接着就躺了下来,也可以说是听任自己跌倒在上甲板的木板上,甚至也不想躺得舒服一些,把身上的刑具调整一下。勒杜坐在后甲板上,悠闲地抽着他的烟斗。爱歇在他身旁,没有戴刑具,身穿一件时髦的天蓝色连衣裙,脚上趿着一双漂亮的摩洛哥羊皮拖鞋,手里托着一只放着各种瓶酒的盘子,准备侍候他喝酒。一望而知她在船长身旁担任的职务不同一般。一个对塔芒戈怀恨在心的黑人指了一下要他往那边瞧。塔芒戈扭转头去瞅见了她,顿时大叫一声,猛地挺立起来,在担任守卫的水手没有来得及把这件严重违反航海纪律的不法行为阻止以前冲向了后甲板。

“爱歇!”他霹雳似的狂吼一声。爱歇随即发出了恐怖的尖叫,“你以为在白人那里就没有‘麻麻·神布’了吗?”

几个水手已经举着棍子奔了过来;塔芒戈抱着胳膊,视若无睹,他泰然自若地回到了他刚才离开的地方,爱歇却泪如雨下,似乎被这句神秘的怪话吓呆了。

翻译解释了所谓“麻麻·神布”是怎么回事,为什么一说出它的名字就能把人吓成这副模样。

“这是黑人膜拜的妖怪,”他说,“如果一个做丈夫的猜疑他妻子不规矩,干了很多妇女都干过的勾当——这在法国和非洲是没有什么不同的——他就用‘麻麻·神布’来吓唬她。我,现在和你们讲话的我,就看见过麻麻·神布,我也懂得这是一种什么花招;但是黑人的头脑都很简单,一点也不懂其中的奥妙。你们可以设想一下;一个夜晚,妇女们在跳舞作乐,在跳一种当地土语叫做‘福勒卡’的舞蹈。突然听到茂密阴暗的小树林里响起一片古怪的乐声，却看不见奏乐的人，所有的乐师都躲在树林里。有芦笛，木鼓，勃拉福斯[①]和用半爿葫芦制成的吉他；所有的乐器都在奏一种凄厉阴森的曲调。妇女们一听到便吓得浑身哆嗦。她们想逃走，因为她们知道将发生什么倒霉的事情，可是丈夫们却把她们死死拉住。突然，树林中出现了一大团白蒙蒙的影子，有我们船上顶桅那样高，这个东西头大如斗，眼睛睁得像船上的锚孔那么大，一张吓人的大嘴里面还有点点磷光。这个鬼影慢吞吞、慢吞吞地向前移动着，但不超出树林一百米远。妇女们叫着：

"'麻麻·神布来了！'

"她们像叫卖牡蛎的妇女那样狂喊乱叫。这时候她们的丈夫就向她们说：

"喂，你们这些贱货，告诉我们，你们是不是规矩，如果你们撒谎，'麻麻·神布'就要把你们生吞活剥。有些女人就这么单纯，乖乖地承认了，于是丈夫把她们毒打一顿。"

"那么这个白影子究竟是什么呢，那个所谓的'麻麻·神布'？"船长问道。

"啊！那只是一个捣蛋鬼，这个家伙蒙着一大块白布，头上顶

---

① 勃拉福斯：黑人使用的一种打击乐器。

着一只挖空的南瓜当做头颅，里面有一根棍子，棍子顶上点着一支蜡烛。这场把戏演得并不高明，但哄哄这些黑人是不必多费脑汁的。尽管如此，‘麻麻·神布’是一个好主意，我倒是愿意我的妻子也相信它。”

“对我的妻子来说，”勒杜说，“如果她不怕‘麻麻·神布’，她就怕棍子师傅；如果她开我的玩笑，她一定知道我会怎样摆布她的。我们勒杜家的人都不是好惹的，别看我只剩一只手，耍起鞭子来可灵活着呢。至于这个提起‘麻麻·神布’的蠢货，告诉他要识相一点，不要再吓唬这个小娘儿们了。否则我要用刀刮他的脊梁骨，刮得他的黑皮肤像半生不熟的烤牛肉一样鲜血淋淋。”

说完，船长便下舱进房，叫爱歇去，想安慰她；但是不论爱抚还是鞭打——因为人的耐心是有限度的——都不能使这个美丽的黑种女人听话，她两行眼泪流个不住。船长重又登上甲板，情绪恶劣，找值班驾驶员吵架，骂他驾驶有差错。

夜里，所有船员几乎都已呼呼入睡了。守卫人员起先听到从下舱里传出一阵庄严肃穆、悲壮凄凉的歌声，随后是一声妇女的刺耳的尖叫。紧接着，从勒杜沙哑的嗓子里发出的咒骂、威胁和他可怕的鞭子的噼啪声响彻了整条帆船。过了一会儿，一切又归于沉寂。第二天，塔芒戈出现在甲板上时，脸上伤痕累累，但神气还和往常一样骄傲而坚定。

爱歇一瞅见他，就马上离开了和船长一起坐着的后甲板，迅速地奔向塔芒戈，跪在他面前。用一种悲痛绝望的声音对他说：

“饶了我吧！塔芒戈，饶了我吧！”

塔芒戈盯着她看了足足有一分钟，发现翻译走远了，他说：“一把锉刀！”

说完，就睡倒在甲板上，把背向着爱歇。船长恶狠狠地咒骂爱歇，还给了她几下耳光，不准她再和过去的丈夫说话；但对他们刚才交换的几句短促的话是什么意思却没有猜疑，连问也没有问。

在这期间，和别的奴隶囚禁在一起的塔芒戈日日夜夜鼓动他们以勇敢的行动来获得自由。他对奴隶们说白人人数少，还要他们注意守卫的警惕性已经日渐减弱；他还闪闪烁烁地对他们说他能带他们重返故乡，还夸耀他精通巫术——因为黑人对巫术都是很迷信的，并威胁说谁要是不愿帮他暴动，谁就要受到魔鬼的报复。这些话都是用大部分奴隶懂得、但翻译不懂的非洲柏尔族土语讲的。这个鼓动分子昔日的声望、奴隶们一贯惧怕和顺从他的习惯在他的雄辩中起了不可思议的作用。于是，黑人们催促他定下一个解救他们的日期。他们希望的日期甚至比塔芒戈自己估计可以发动这次暴动的时间还早得多。他模棱两可地对这些现在一心想着要暴动的黑人说时机尚未成熟,他在梦中见到的魔鬼还没有告诉他动手的日子,但他又要他们时刻准备着,以便一声号令立即行动。同时,也不放过任何一个可以试探守卫人员警惕性的机会。有一次,一个水手把枪搁在船舷上,兴趣盎然地去观赏跟随着船只飞行的飞鱼;塔芒戈捡起他的枪比试着,学着水手上操时的举动。装出一些可笑的姿势。隔了一会儿,水手来把枪收回去了,但他已看出他可以去接触武器而不会立即引起怀疑。只要用得着武器的时刻一到,谁要再想把枪从他手里夺回去那可真是够大胆的了!

一天,爱歇扔了一块饼给他,对他做了一个只有他才懂得的暗号。饼里有一把小锉刀;暴动能否成功就看它了。起先塔芒戈讳莫如深,不让锉刀给同伴们看见;但一到夜里,他就嘴里念念有词,一面手舞足蹈,做出一些稀奇古怪的动作。慢慢地,他又发出一些兴奋的叫声。听到这种声音,别人还以为他正在激动地和一个大家看不到的人谈话。所有的黑人都瑟瑟发抖,深信魔鬼这时候正在它们中间。塔芒戈最后大叫一声,结束了这场鬼戏。

“伙伴们!”他嚷着,“我刚才祈求的神灵终于把他上次答应我的东西给我了,现在我手里就拿着将使我们获得自由的工具。如今只要你们有点儿勇气,你们就可以得到自由。”

他把锉刀传给他身旁的几个奴隶触摸着，这个诡计虽然笨拙，但是黑奴们更加笨拙，都信以为真了。

长时间的等待过去了，复仇和自由的伟大日子终于来临。暴乱者在庄严的誓言下团结一致，经过一番周密的讨论定下了他们的计谋。塔芒戈将带领一批最坚决的人在轮到他们登上甲板的时候去夺取守卫们的武器。另外几个人到船长室去夺取搁在那儿的枪支。到那时候已经锉断他们身上刑具的人要首先发动袭击。但是虽然经过几个夜晚不停地工作，大部分奴隶的镣铐还没有锉断。因此，指定了三名健壮的黑人去杀死袋里放着镣铐钥匙的人，然后再迅速去解救他们那些还被锁着的伙伴。

这天，勒杜船长心情特别好。一反往常惯例，饶恕了一个该挨鞭打的小水手，称赞值班驾驶员驾驶得出色。他对全体船员说他心里很高兴，说马提尼克岛就要到了，到了那里以后，他们每人都可领到一笔赏金。所有的水手都在做着各自的美梦，有的在盘算如何去花掉这笔钱。当塔芒戈和另外一些勇敢的暴动者被押上甲板时，水手们满脑子都是马提尼克岛上的烧酒和有色女人。

这批被押上来的奴隶身上的刑具锉得很巧妙，一眼望去，镣铐完整如常，但只需稍加用力，便可迸断。他们还故意把刑具拖得哗啦啦地响，使人听了还以为他们戴了双料的镣铐呢！呼吸了一会新鲜空气后，他们全手拉手地开始跳起舞来。塔芒戈哼着一首他家族中的战歌①，这支歌过去是他在上战场前唱的。跳了一会舞后，塔芒戈露出不胜疲惫的神态，直挺挺地躺在一个水手脚旁，这个水手正没精打采地靠在船舷旁。所有准备暴动的黑人都如法炮制。这样，每个水手周围都躺下了几个黑人。

突然，悄悄地把刑具挣断了的塔芒戈大吼一声——这也就是行动的信号——用力把他身旁水手的两条腿一拽，水手直跌下来，他用脚踩住水手的肚皮，把枪夺了过来，紧接着一枪就把值班驾驶员打死了。一瞬间，所有的守卫都受到了袭击，被解除了武装，并被立即杀死。到处一片喊杀声。身带镣铐钥匙的水手长也在第一批中送了命。于是，一大批黑人涌上了甲板。找不到武器的就抓起绞盘的杠子或者小艇的船桨。这时候，欧洲船员几乎全都丧命了，只剩几名水手还在船尾负隅顽抗，但他们既缺乏武器，又没有信心。勒杜还活着，没有被吓倒，他发现塔芒戈是这次暴动的首领，心想先把他杀了以后，再对付他这批手下人就好办了。于是他拿起腰刀，高声呼喊着塔芒戈的名字向他扑过来，塔芒戈手里握着一支长枪，也立即向他冲来，他捏住枪管，把枪当做大头棒使用。

① 每个黑人酋长都有各自的战歌。——原注

这两个头头就在一条船头通向船尾的过道上狭路相逢了。塔芒戈首先动手,勒杜身子微微一偏避过了这一击。枪柄猛击在船板上,断裂了,枪身在塔芒戈的手里猛地一震,落了下来,他变成赤手空拳没有防卫武器的了。勒杜险恶地一笑,举起腰刀劈面砍去。但是塔芒戈却像他家乡的豹子一般身手矫捷,他扑进勒杜的怀里,抓住了他握腰刀的独手。这时候,勒杜死命攥紧手里的武器,塔芒戈竭力抢夺。在激烈的搏斗中,两个人一起跌倒了,非洲人被压在下面,但他并不气馁,他使出浑身力气紧紧地抱住了勒杜,狠狠地咬他的喉咙,咬得鲜血四溅,就像从狮子的牙缝里喷射出来似的。腰刀从船长渐渐乏力的手里掉了下来。塔芒戈一把抓住,满口血淋淋地又站了起来,发出一声胜利的呼喊,对着他半死不活的敌人又猛砍了几刀。

这时胜局已定,只剩下很少几名水手想乞求暴动分子的怜悯。但是全体船员,包括从来没有错待过他们的翻译在内,全被无情地杀死了。大副死得很英勇,他背向船尾,站在一尊固定在船上,可以四面旋转的,装满霰弹的小炮旁边。他左手操纵着小炮,右手握着腰刀拼命抵抗,引来了一大群黑人围在他四周。这时他拨动小炮的扳机,在密密层层的人群间打开了一条血路,地上躺满了死伤的黑人。过不多久,他也被撕成了碎片。

最后一个被剁碎的白人尸体被扔进大海以后，黑人对这次报复心满意足。他们抬起头来仰望着船上的风帆，风帆始终被一股好风吹得鼓鼓的，似乎它对黑人们已经获得的胜利无动于衷，还是顺从着他们过去的压迫者的意志，把胜利者送往奴役他们的土地上去。

“白费劲！”他们忧悒地思索着，“这个白人的硕大的物神①，看到我们把它的主人全杀了，它还肯带我们回归家乡吗？”

有几个黑人说塔芒戈会驯服它的。大家立即高声叫他。

塔芒戈并不急于露面。大家在船尾的舱室里找到了他。他站在那里，一只手拄着船长那把血污的腰刀；另一只手茫然地伸给他妻子爱歇，他妻子跪在他面前吻他的手。胜利的喜悦减轻不了他内心的不安，这从他的姿态神情即可看出。他不像其他黑人那么粗率，就更觉得目前处境的困难。

他终于出现在甲板上了，尽管心乱如麻，脸上却装得坦然自若。百来个人七嘴八舌地催着他去驾驶帆船。他磨磨蹭蹭地向舵轮走去，似乎是想为自己、也为大家拖延一下即将到来的决定他有多大能耐的时刻。

---

① 物神：原始社会拜物教中崇拜的对象，此处指帆船。

全船黑人，不管有多么愚笨，没有一个不知道帆船的行动是受一个轮子和它前面一个箱子所牵制的，但是这个机械装置对他们来说始终是个不解之谜。塔芒戈久久地凝视着这个罗盘仪，颤动着嘴唇，仿佛在念刻在上面的文字。随后，他像考虑什么问题似的举起一只手按住额头。所有的黑人都聚集在他周围，张着嘴，瞪着眼，忧心忡忡地注视着他每一个最细微的动作。最后，塔芒戈怀着由于无知而产生的恐惧和自信的矛盾心情，猛地扳了一下舵轮。

漂亮的"希望号"双桅帆船受到了这一下前所未有的操作，就像一匹骏马在一个粗心大意的骑士的马刺的刺激下直立起来一样，在波涛上跳了起来。它仿佛发怒了，要和它无知的驾驭者同归于尽。舵轮和船帆间必需的联系顿时切断，帆船急遽倾斜，像要马上沉没了。长长的船桅浸没在海水中，有几个人跌倒在甲板上，还有几个掉进了海里。但帆船随即又高傲地竖立起来，冲向波涛，就像要和这毁灭的命运再作一次战斗似的。风越刮越猛，蓦然间，随着格拉拉一声惊人的巨响，两根桅杆倒了下来，它们在离甲板几尺高的地方折断了。甲板上撒满了断片碎屑，就像盖上了一张沉重的绳网。

黑人们吓得全往船舱口下面逃，一面发出恐怖的叫声。这时，船上失去了受风的篷帆，船又站稳了，随着波涛轻轻地摇晃；有几个比较胆大的黑人又登上了甲板，清除堵塞甲板的断片残屑。塔芒戈一动不动地留在原地，手肘支在罗盘仪上，把面庞藏在他抱起的胳膊里面。爱歇站在他身旁，可是不敢和他讲话。慢慢地，黑人们又走拢来，一片喃喃的不满之声很快就变成一场谴责和辱骂的风暴。

"不要脸的！骗子！"他们嚷着，"我们所有的苦难都是你造成的，是你把我们卖给了白人！是你逼着我们暴动反抗他们；你还自夸有本领带我们回转家乡。我们相信了你的话，我们有多蠢啊！现在我们差点儿全完了，因为你亵渎了白人的物神。"

塔芒戈傲慢地昂起了头，围在他四周的黑人害怕地后退了。他捡起两支长枪，对他妻子做了个手势要她跟着，穿过在他们面前自动让开的人群，走向船首。在那里，他找了些空桶和木板筑起了一道壁垒。然后他坐在他这个防御工事中间，威胁性地把两支枪的刺露在外面。大家也听之任之，不再去惹他。这些暴动分子，有的在呜呜哭泣，有的将手伸向天空祈求他们自己的物神和白人的物神。这儿一些人跪在罗盘仪面前崇敬地瞧着它不停地在转动，哀求它把他们带回故乡；那儿一些人垂头丧气地躺在甲板上。在这些绝望的人中间，请想想看，有些妇女和孩子在失魂落魄地号叫着，还有二十来个伤员在恳求别人帮助，却没有人理睬他们。

忽然有一个容光焕发的黑人走上了甲板，他告诉大家说他刚才发现了白人放烧酒的地方。他那兴高采烈的神态说明他已经尝过了这种东西。这个消息使这些不幸的人的叫嚷声暂时停息了下来。他们冲向酒库开怀畅饮。一小时后，他们在甲板上跳着、笑着，动作粗野，已经醉得神志不清了。醉汉的歌舞伴随着伤员的呻吟，这天下午和整个夜晚就这样度过了。

早晨醒来后，失望的情绪重又攫住了他们的心灵。一大半伤员都在夜里死去了。帆船在随波荡漾，四周漂浮着尸体，大海波涛汹涌，天空浓雾弥漫。大家议论了一番。有几个学过一点巫术，但是在塔芒戈面前不敢逞能的人现在都挨个儿出来试了试，施了几次威力强大的魔法。但是每次作法都失败了，他们也只能更加感到灰心失望，最后他们又想到了塔芒戈，他还没有走出过防御工事。无论如何，塔芒戈是他们中间最有学问的人，他们的可怕处境是他一手造成的，但是也只有他才有可能把他们解救出来。一个老头儿被派去和他讲和，请他出来发表意见，但他却像科里奥朗①那样固执，对他们的请求置若罔闻。头天晚上，在大家一片混乱中，他已乘机贮藏好了饼干和咸肉，好像准备在他的隐蔽所里单独

① 科里奥朗：公元前五世纪罗马名将，因受冤倒戈攻打罗马。罗马元老院多次派使节向他求和，均遭拒绝。

生活下去了。

烧酒还有剩余，至少它可以使人忘却海洋、奴役和即将来临的死亡。大家睡着了，梦见了非洲，看到桉树[1]林，小茅屋，硕大无朋的、树荫可以盖住全村的包巴树[2]。醒来后，重又开始了像昨天般的狂饮。这样又过了几天。喊叫、哭泣、拉扯自己的头发、酗酒和睡觉，这就是他们的生活。有些人滥饮过度丧了命、有的跳了海、有的用匕首自杀了。

一天早晨，塔芒戈走出他的防御工事，走到折断的主桅杆那里。

"奴隶们！"他说，"神灵又在我梦中出现了，他教了我搭救你们、送你们回归故乡的方法。你们这样忘恩负义，我本来不想管你们了。但是我可怜这些又哭又叫的女人和孩子。我宽恕你们。你们听我说！"

所有的黑人都敬畏地低下了脑袋，紧紧地围住了他。

塔芒戈接着说："只有那些白人才知道驱使这些大木房子行动的咒语。而这些和我们家乡的小划子差不多的小船我们是能够随

---

① 按树：生产树胶的树。

② 包巴树：非洲巨树，属锦葵科。

意驾驶的。”他指了指大船上的一只救生艇和几只小船。

“我们把食物装上这些小船，坐上它顺着风向划。我的神和你们的神将吹送我们回归故乡。”

大家又相信了他。这个计划真是荒谬绝伦、前所未有。在这不辨东西南北的苍穹之下，又不懂得使用罗盘，他也只能冒险瞎碰了。在塔芒戈的头脑里，总以为只要一直向前划，最后总会找到黑人居住的陆地的；因为他曾经听他母亲说过，陆地是属于黑人的，白人是生活在船上的。

登上小船的准备工作很快就做完了，只有那条救生艇和另一条小船可以使用。要载上还活着的近八十名黑人，这两条船未免太小了。不得不抛弃全部伤员和病人，他们之中的大部分都请求别人在离开他们之前把他们杀死。

费了九牛二虎之力才把两条小船放下了水，两条超载的小船离开了大船，进入了随时都可能把它们吞没的波涛汹涌的大海，小船先划了开去。塔芒戈和爱歇坐在救生艇里，救生艇比较笨重，装载得也多，因此远远地落在后面。他们还听得见留在大船上的不幸的人们的阵阵悲鸣。一个巨浪从救生艇侧面打来，海水涌进来，不到一分钟救生艇就沉没了。小船上的黑人看到救生艇出了事更加使劲地划，生怕再载上几个落水的人。救生艇上的人大部分都淹死了,只有十来个人重新游回了大船,塔芒戈和爱歇也在其中。到夕阳西下时,大船上的人看到小船消失在天水之间;后来他们的遭遇如何,就不得而知了。

我何必再要枯燥乏味地去描写饥饿的痛苦,使读者感到厌烦呢?二十来个人留在这一小块地方:有时候被愤怒的大海颠来倒去;有时候被火辣的太阳烤得身热如焚。每天争夺着剩下来的少量食物,每一小块饼干都要引起一场殴斗。弱者一个个死去,倒不是强者杀了他们,而是因为强者不照管他们,听任他们死去。几天后,在“希望号”双桅帆船上只剩下塔芒戈和爱歇两个活人了。

………………

一天夜里,狂风怒号,大海咆哮,四下里一团漆黑,从船尾望不到船首。爱歇躺在船长室的一个床垫上,塔芒戈坐在她脚边。两个人一起待了好久,不作一声。

“塔芒戈!”爱歇终于开口说道,“你受这些苦都是为了我啊!”

“我没有受苦!”他粗暴地回答说。他把剩下的半块饼干扔在他妻子身旁的床垫上。

“你留着自己吃吧!”她轻轻地把饼干推开,一面说道,“我已经不觉得饿了,再说我还要吃东西干吗?我不就要完了吗?”

塔芒戈站了起来,默不作答。他跌跌撞撞地爬上了甲板,坐在一根断桅的脚下。他脑袋耷拉在胸前,哼着他家乡的曲子。突然,透过狂风和海浪的怒吼,传来一声尖叫,出现了一个亮光。他听到了另外又有几声叫喊,一艘黑颜色的大船飞快地在他的船旁一掠而过,离得那么近,甚至那艘船上的桅架也仿佛是从他头顶擦过去似的。他只看到了被桅灯照亮的两个人脸。那条船上的人又叫了几声,但他们的船被狂风猛吹着很快地就消失在黑暗里了。肯定是那条船上的瞭望人员看见了这条失事的帆船,但是因为风势凌厉,无法掉转船头。一会儿以后,塔芒戈看见一团炮火,接着听见了大炮的轰鸣声;后来又是一团炮火,但已听不到任何声音了,后来什么也看不见了。翌日,天际没有出现一点帆影。塔芒戈又躺到了他的床垫上,闭上了眼睛。他的妻子爱歇昨晚已经死了。

……

也不知道过了多少时候,有一艘英国三桅战舰"女战神号"发现了这条看来已经被船员抛弃了的断桅帆船,便放了一条小艇过来查看。他们在船上找到了一个死去的黑种女人和一个木乃伊般形销骨立的黑种男人。他已经失去了知觉,但还没有断气。船上的外科医生接受了他,给他治疗。当"女战神号"抵达金斯敦①的

① 金斯敦:牙买加首府。牙买加原为英国属地,现已独立。

时候，塔芒戈已经完全复原了。别人询问他的往事，他把知道的全说了。岛上的种植园主要把他作为谋反的黑人吊死。当地的总督还算仁慈，认为他的情况特殊，可以宽恕，因为不管怎样，他只不过是使用了正当的自卫权利，而且被他杀掉的全是法国人；于是就像对待没收的黑奴船上的黑人那样释放了他，也就是要他为政府工作，每天除饮食外他还可得到六个铜子的工资。他长得英俊魁梧，被第七十五联队的上校联队长看中了，要了去充当联队乐队中的一名铙钹手。他学了点英语，但很少开口。此外，他总是滥饮朗姆酒和塔非亚酒①——最后，他得了肺炎死在医院里。

王振孙 译

① 朗姆酒和塔非亚酒：都是甜味的甘蔗烧酒。

伊尔的维纳斯铜像

于是我说："既然这尊塑像酷似真人，那就但愿它对我们宽厚而又仁慈吧！"

（卢奇安[①]：《爱说谎的人》）

我从卡尼古山的最后一个山丘下来，虽然已经落日西沉，但我依然望得见平原上伊尔小城[②]鳞次栉比的房屋，我径直向这座小城

① 卢奇安（约125—约192）：古希腊讽刺散文作家，无神论者，他擅长喜剧性的讽刺对话，代表作为《冥间的对话》、《梦》、《伊卡罗麦尼波斯》等。

② 伊尔为法国东比利牛斯省的小城，全称为"泰特河上的伊尔"。

走去。

一个卡塔卢尼亚[①]人从昨天起充当我的向导，我对他说："你准定知道德·佩尔奥拉德先生住在哪里吧？"

"我当然知道罗！"他大声说，"我熟悉他的房子，就像熟悉我的房子一样；要不是天太黑，我会指给你看。那是伊尔最漂亮的房子。不错，德·佩尔奥拉德先生很有钱；而且他正在让儿子同比他更有钱的人家结亲呢。"

"这门亲事很快就要举办罗？"我问他。

"快了！说不定婚礼上的提琴手已经定好了。今天晚上，也许明天、后天，这我就说不准了！婚礼要在皮加里举行；因为少爷娶的是德·皮加里小姐。准定很隆重！"

我的朋友德·P先生推荐我去见德·佩尔奥拉德先生。他对我说过，德·佩尔奥拉德先生是一位博学多闻的考古学家，而且一贯殷勤好客。他会很乐意带我去看方圆十法里之内的所有古迹。于是我指望着他带我到伊尔的周围去参观，我知道这里拥有丰富的古代和中世纪的遗迹。这个婚礼我还是头一次听说，可要打乱我的全部计划了。

---

① 卡塔卢尼亚是西班牙东北部几个省的全称。

我心里想，我要叫人扫兴了。但是，人家等着我光临；德·P先生已经通知他们，我只得上门拜访。

我们已经来到平原上，我的向导对我说："我们打赌吧，先生，我要是猜出你到德·佩尔奥拉德先生家去干什么，一支雪茄输赢，好吗？"

我递给他一支雪茄，回答说："我并不难猜。天色不早，我们又在卡尼古山中走了六里地，当务之急是吃晚饭。"

"是的，不过明天呢？……噢，我敢打赌，你到伊尔是来看偶像的吧？我看见你把塞拉博纳的圣徒像一一临摹下来，就猜到这个了。"

"偶像！什么偶像？"这个字眼激起了我的好奇心。

"怎么！在佩皮尼昂，你没听说德·佩尔奥拉德先生怎样发现了一尊埋在土里的偶像吗？"

"你是说一尊焙烧的、泥塑的偶像么？"

"不对。货真价实是铜的，能卖大价钱呢。这铜像跟教堂的一口大钟一样重。我们是在很深的地底，一棵橄榄树下挖到的。"

"这么说，发现的时候你在场罗？"

"是的，先生。半个月以前，德·佩尔奥拉德先生吩咐我和让·科尔把去年冻坏的一棵老橄榄树连根挖掉，因为去年天气坏透了，这你是知道的。让·科尔使劲猛挖，干着干着，一镐下去，我听见砰的一声……就像敲在一口钟上。我就说，是什么玩意儿？我们继续挖呀挖，咦，露出了一只乌黑的手，活像从土里露出来的死人的手。我呀，我慌了手脚，赶紧去找老爷，对他说：'老爷，橄榄树底下有死人！得请本堂神甫来。'他问我：'什么死人？'他来了，一看见那只手，便嚷着说：'文物！文物！'他简直像发现了稀世珍宝。他那个忙乎劲呀，又用镐，又用手，干的活差不多顶我们俩。"

"你们究竟发现了什么呢？"

"一尊高大的全身乌黑的女人铜像，先生，请不要见怪，光着大半个身子。德·佩尔奥拉德先生告诉我们，这是异教徒时代的一尊偶像……查理大帝①那个时代的吧！"

"我看这是……哪个毁掉的修道院里的一尊圣母铜像。"

"一尊圣母像！说得倒好！……如果是一尊圣母像，我早就认出来了。对你说吧，这是一个偶像：从它的神态可以清楚地看出来。它瞪着大白眼睛盯住你……简直可以说它在打量你。是的，你凝视它时要垂下目光。"

---

① 查理大帝（742——814）：法兰克王国加洛林王朝国王，后由罗马教皇加冕称帝。

“白眼睛？一定是镶嵌在青铜里面的了。或许是古罗马时代的塑像。”

“古罗马时代！正是这个。德·佩尔奥拉德先生说，这是一个罗马女人。啊，我看你和他一样，准是一位学者。”

“这尊铜像保存得很好，完整无损吗？”

“噢！先生，样样不缺。比市政厅的路易—菲力普[1]彩色石膏胸像更好看，更完美。尽管这样，这尊偶像的脸孔我可是看不顺眼。一脸凶相……它也确实凶狠。”

“凶狠！这铜像对你们做过什么凶狠的事？”

“倒没有对我；你往下听就明白了。我们费了九牛二虎之力才把它竖起来，德·佩尔奥拉德先生是个体面的人，虽然他手无缚鸡之力，也来拉绳子！我们好不容易才把铜像立直。我捡了块瓦片想把它垫稳，这时，轰然一声，它仰面朝天整个儿倒了下去。我喊道：‘小心脚下！’可是喊晚了一点，让·科尔来不及把腿抽回来……”

“他受了伤？”

“他那条腿就像葡萄架支柱那样咔嚓一声折断了，真可怜哪！

---

① 路易－菲力普(1773—1850)：法国七月王朝时期的国王。

唉，我看到这种情形，我呀，我火冒三丈。我真想用镐头把这个偶像凿破几个窟窿，但德·佩尔奥拉德先生拦住了我。他给了让·科尔一些钱，这事发生半个月了，让·科尔仍然躺在床上，医生说他这条腿再也不会像另一条腿那样走路利索了。真可惜，他是我们当中跑得最快的人，除了少爷，他是最灵活的网球手。阿尔封斯·德·佩尔奥拉德先生很难过，因为只有科尔才能同他对打。他们把球打得穿梭往来，真是好看。啪！啪！球怎么也不着地。”

我们就这样边聊边走进了伊尔，随后我见到了德·佩尔奥拉德先生。这是一个小老头，精力还很充沛，精神矍铄，假发扑粉，鼻子殷红，快活开朗，幽默诙谐。在拆开德·P先生的信之前，他先请我坐到饭菜丰盛的桌前，并将我介绍给他的妻子和儿子，说我是著名的考古学家，一定能使鲁西荣①地区重见天日；由于学者们不感兴趣，这个地区被人遗忘了。

山中的清新空气比什么都有益身心，我一面开胃吃着，一面观察我的几位主人。我已经介绍过几句德·佩尔奥拉德先生；我还应当补充一点：他活跃好动。他说话，吃饭，站起来，跑到他的藏书

---

① 鲁西荣：是个古文化地区，从公元前121年起就有罗马人定居，1659年划归法国，地域相当于东比利牛斯省。

室，给我拿来几本书，给我看版画，为我斟酒；从来没有歇上两分钟。他的妻子正像大多数过了四十岁的卡塔卢尼亚妇女，有点儿过于肥胖，在我看来，是个双料的外省女人，一心扑在家务上。虽说晚饭至少够六个人吃的，她还是跑到厨房，吩咐杀鸽子，炸玉米糕，开了不知多少罐蜜饯。转眼间桌上摆满了菜肴和酒瓶，即令我把送到我面前的菜每样只尝一口，我也肯定要被撑死。可是，我每次谢绝一个菜，他们总是道歉一次。他们担心我在伊尔过得不自在。外省的东西少得可怜，而巴黎人又这样爱挑剔！

阿尔封斯·德·佩尔奥拉德在他的父母来来去去忙个不停时，俨然像一个古罗马雕刻着护界神胸像的界标，动也不动。他是一个魁梧的年轻人，二十六岁，眉清目秀，但缺乏表情。他的身材和健壮的体魄足以证明，当地流传的他是永不疲倦的网球手果真名副其实。今晚他衣着雅致，恰如最近一期《时装报》的图片式样。但我觉得他穿这身衣服很不自在：他身子挺直，像根木桩插在丝绒领子中，扭过头来要整个身子一起转动。双手晒黑，粗大，指甲很短，与他的服装形成古怪的对照。这是一双农夫的手，却从花花公子的袖管里伸出来。再说，虽然他因为我是巴黎人，十分好奇地从头到脚打量我，但整个晚上他只跟我说过一次话，就是问我，我的表链在哪儿买的。

“啊！亲爱的客人，”晚餐快要结束时，德·佩尔奥拉德先生对我说，“你在我家里就得听我的。我们山里的奇珍异宝你都看过了，我才放你走。你应该学会了解我们的鲁西荣地区，并给予公正的评价。你意料不到我们要给你看的东西，腓尼基的、克尔特人的、古罗马的、阿拉伯的、拜占庭的古迹，你样样都能看到，从大到小，应有尽有。我带你走遍各处，连一块砖也不让你放过。”

一阵咳嗽使他不得不止住话头。我趁机对他说，他家要办喜事，我来打扰他，实在抱歉。如果他肯对我要游览的地方给我宝贵的指点，我就用不着他费心陪伴我……

“啊！你是说这孩子的婚事，”他打断我的话，大声说，“小事一桩，后天举行。你同我们一起参加婚礼，都是自家人，因为新娘的一个姑母刚去世，她继承了姑母的遗产，正在服丧。因此既不纵情玩乐，也不举行舞会……实在可惜……要不然你可以看到我们卡塔卢尼亚女子跳舞……她们很漂亮，或许你看见了会想到学我儿子阿尔封斯。俗话说，一门姻缘牵几门……到星期六，小两口结了婚，我得空了，我们就四处转去。外省的婚礼一定会使你厌烦，请你多多包涵。巴黎人对节庆都腻味了……何况这个婚礼还没有舞会！不过，你会看到一个新娘……一个新娘……你会赞不绝口的……可你是一个严肃的人，不会盯着看女人。我有更好的东西给你看。我要让你看一样东西！……明天我要叫你大吃一惊。”

“天呀！”我对他说，“家里藏着宝，不为众人所知，这是很难的事。你准备叫我吃惊的东西，我相信我猜着了。如果是你那尊塑像，我的向导给我描述过了，他的话大大激起了我的好奇心，渴望着欣赏一番。”

“啊！他对你谈过这尊偶像了，因为他们是这样称呼我那美丽的维纳斯的……不过我对你无可奉告。明天，在阳光下，你会看到它，那时你再告诉我，我认为这是一件杰作是否有道理。当然，你来得再巧没有！塑像上有些铭文，我这个浅陋无知的可怜虫，自以为是地加以解释……而你是一位巴黎学者！……你大约会耻笑我的解释……因为我写了一篇学术论文……就是现在同你谈话的我……我是个年迈的外省考古学家，想闻名遐迩……我要大量发行……要是你愿意看看我的论文，加以修改，我就能寄予希望……比如，我很想知道你怎样翻译底座上的铭文：CAVE①……不过现在我还什么都不想问你！明天吧，明天吧！今天只字不提这尊维纳斯了。”

他的妻子说：“佩尔奥拉德，你的偶像谈到这里为止，完全做得

---

① 意为小心提防。

对。你早该看到，你妨碍这位先生吃饭了。得了，这位先生在巴黎见过许多比你那尊好看得多的塑像。杜伊勒里宫就有几十尊，而且也是青铜的。”

“这真是愚昧无知，外省十足的愚昧无知！”德·佩尔奥拉德先生打断她说，“居然把一件精美绝伦的文物跟库斯图[1]那些平淡无奇的塑像相比！

“我这位家庭主妇谈起神祇
是多么傲慢无礼[2]！

“你知道我妻子要我把这铜像熔铸成我们教堂的一口钟吗？她就可以主持寺钟命名典礼了。先生，这是米隆[3]的一件杰作啊！”

“杰作！杰作！这偶像才做出一桩了不得的杰作呢！压断了

---

① 库斯图为法国的雕刻家家族，最有名的是尼古拉（1658—1733）、他的弟弟纪尧姆第一（1667—1746）、他的侄子纪尧姆第二（1716—1777），他们的作品为王宫所收藏。

② 佩尔奥拉德借用了莫里哀的两句诗，但做了一点改动：“这个无赖谈起神祇是多么傲慢无礼。”（《晚宴东道主》第一幕第二场）

③ 米隆：公元前五世纪的希腊雕刻家。

一个人的腿!"

"我的妻,你看到吗?"德·佩尔奥拉德将穿着花色条纹丝袜的右腿伸向她,用坚定的语气说,"如果我的维纳斯像压断了这条腿,我并不后悔。"

"上帝啊!佩尔奥拉德,你怎么能这样说呢!幸亏那个壮工好多了……望着这尊闯下这桩祸事的铜像,我至今还是不能克制感情。可怜的让·科尔!"

"受到维纳斯的伤害①,先生,"德·佩尔奥拉德哈哈大笑说,"受到维纳斯的伤害,混蛋才抱怨:

"Veneris nec praemia noris."②

"谁没有被维纳斯伤害过呢?"

阿尔封斯先生的拉丁文远不如法文,他会意地眨眨眼睛,瞧着我,仿佛在问我:"你呢,巴黎人,你懂吗?"

---

① 这里一语双关:维纳斯是神话中的爱神,受到她的箭伤害,便会产生爱情。

② 出自古罗马诗人维吉尔的《埃涅阿斯纪》第四章,意为:你不会知道维纳斯的馈赠。

晚餐结束了。一小时以来我已经不再吃东西。我很疲惫,禁不住连连打呵欠。德·佩尔奥拉德太太头一个发现,表示该去睡觉了。于是他们又开始道歉,说是我的住房如何糟糕,远不如在巴黎那样舒适,外省条件太差!对鲁西荣人要宽宏大量。我徒劳地争辩说,在山里长途跋涉,一捆麦草就能让我睡个好觉,他们一再请我原谅,他们这些可怜的乡下人本想好好招待我,但是心有余而力不足。我终于在德·佩尔奥拉德先生的陪伴下,上楼来到给我准备的房间。楼梯的上面几级是木头的,通到走廊的中间,走廊上有几个房间。

主人对我说:"右边是我给未来的阿尔封斯太太安排的房间。你的房间在走廊尽头的另一侧。"他竭力摆出精明的神态,补充说:"需要把新婚夫妇隔开一边,你觉得这样做不错吧。你住在房子的这一头,他们住在另一头。"

我们走进一个家具齐全的房间,映入我眼帘的首先是一张床,七尺长,六尺宽,高得要用矮脚凳才能爬上去。主人指给我看拉铃的位置,亲自证实糖罐装满了,香水瓶按规矩放在梳妆台上,好几次问我还缺什么,然后祝我晚安,留下我一个人走了。

窗户都紧闭着。脱衣就寝之前,我打开一扇窗子呼吸夜晚的清新空气,长时间晚餐之后,这空气沁人心脾。前面的天际是卡尼古山,任何时候总是这样雄伟瑰丽,今晚在皎洁的月光照耀下,我觉得这是世界上最美的山。我伫立了好几分钟，眺望那层峰叠嶂的雄姿，我正要关窗，这时一低头我瞥见立在台座上的铜像，离房子四十米左右。铜像置于一道绿篱的角上，这道绿篱将一个小花园和一块十分平坦的四方地隔开，后来我得知，那是城里的网球场。这块地皮原是德·佩尔奥拉德的产业，在他的儿子再三要求下，他才让给了市镇。

处在我这个距离上，我很难看清铜像的神态；我只能估摸它的高度，我看有六尺左右。这时，城里两个顽童靠近篱笆穿过网球场，吹着鲁西荣地区的美妙曲调《熊熊燃烧的群山》。他们停下来观看铜像；其中一个甚至大声骂了几句。他说的是卡塔卢尼亚方言；我在鲁西荣地区待的时间很长，差不多能听懂他的话：

"你在这儿哪，婊子！（卡塔卢尼亚方言用的词更有分量。）你在这儿哪！是你把让·科尔的腿压断了！如果你属于我，我要打断你的脖子。"

"哼！拿什么去打断？"另一个孩子说，"这是青铜的，硬得很，艾蒂安想用锉刀去锉它，把锉刀也弄断了。这是异教徒时代的铜像；比什么都硬。"

"我手头有冷錾的话（看来这是个钳工艺徒），只要一会儿工夫我就把它的大白眼珠挖下来，就像把杏仁从杏核里取出来一样。

里面的银子值不少钱呢。”

他们走了几步，离开铜像。

“我得向偶像道声晚安。”个子较高的那个艺徒突然停下说。

他弯下腰，大概是去捡一块石头。我看见他手臂一扬，扔出什么东西，旋即铜像当地清脆响了一声。与此同时，艺徒用手捂住脑袋，痛得叫了起来。他喊道：

“她把石头向我扔回来了！”

两个顽童飞奔而逃。很明显，石头是从金属上反弹回来，惩罚了这个调皮鬼对女神的侮辱。

我由衷地笑出声来，关上窗户。

“又一个旺达尔人①受到维纳斯的惩罚。但愿所有毁坏文物的人都这样被打破脑袋！”

我抱着这个仁慈的愿望，酣然入睡了。

待我醒来时，天已大亮。在我的床边，一侧站着身穿便服的德·佩尔奥拉德先生，另一侧站着他妻子派来的仆人，手里端着一杯巧克力。

---

① 旺达尔人是古日耳曼民族，公元五世纪入侵西班牙、科西嘉岛、撒丁岛和北非，大肆掠夺，终于站不住脚跟。

"起来吧,巴黎人! 京城里的人真是懒鬼!"我匆匆穿上衣服时,我的主人说道,"已经八点了,还躺在床上! 六点钟我就起床了。我上楼来过三次,我踮着脚尖走近你的房门:没人似的,一点动静都没有。你这样的年纪,睡得太多会不好。你还没有看见过我的维纳斯呢。来吧,快给我喝掉这杯巴塞罗那巧克力……真正的走私货。这样的巧克力巴黎还没有。添点力气吧,等你站在我的维纳斯面前时,就再也拉不走你了。"

我在五分钟之内准备停当,就是说,马马虎虎刮了脸,衣扣没扣好,烫嘴烫舌地喝下巧克力。我下楼来到花园,走到一尊令人赞叹的铜像面前。

这确实是一尊维纳斯像,亭亭玉立,俏丽迷人。她上身是裸体,古人通常都是这样表现崇高的神祇;右手举到乳房上,手心向里,拇指、食指和中指伸开,其余二指微曲。另一只手挨近胯骨,提着遮盖下身的多折的布。这尊塑像的姿态令人想起《猜拳者》的动作,不知为什么,人们把猜拳者称为热马尼居斯①,或许雕刻家想把女神表现为在玩猜拳游戏。

---

① 热马尼居斯(公元前15—公元19):罗马将军,奥古斯都皇帝的侄子,因屡建战功,获得热马尼居斯之名,意为热马尼克人。

不管怎样,不可能看到比这尊维纳斯像更完美的躯体了;没有什么比它的轮廓更柔美、更给人快感的了;没有什么比它的遮身布更典雅、更高贵的了。我预料的是罗马帝国衰落时期①的作品;我看到的是雕塑艺术鼎盛时期的一件杰作。尤其使我惊异的,是形体那样优美逼真,简直令人以为是按真人浇铸而成,如果大自然能产生这样完美的模特儿的话。

铜像的长发挽到头顶,似乎当初是镀了金的。正如几乎所有的希腊塑像的头颅那样,铜像的头较小,略微前倾。至于脸部,我实在无法形容那种古怪表情,脸孔的类型与我记忆中的任何古代塑像都不相同。这完全不是希腊雕刻家平静而庄重的美,希腊雕刻家执著地赋予一切线条以一种庄严的静止。这尊塑像则完全相反,我惊异地观察到,艺术家刻意表现出狡黠,竟至达到凶狠的程度。所有表情都略微扭曲:双眼微睨,嘴角翘起,鼻翼微微鼓凸。蔑视、嘲讽、残忍,流露在这张美貌绝伦的脸上。说真的,你越是注视这尊令人叹为观止的塑像,你就越感到不舒服:这样的绝色之美竟然能与缺乏同情心结合在一起。

---

① 指从西罗马帝国狄奥克莱蒂安上台(284 年)至火烧罗马(476 年),以及东罗马帝国朱斯蒂尼安一世死(565 年)为止的一段历史。

“这铜像即使有过模特儿,”我对德·佩尔奥拉德说,“我也不敢相信,上天曾经造出这样一个女人,我多么可怜她的那些情人啊!她准定让她的情人一个个绝望而死,以此为乐。她的神态含有凶狠的意味,可是我从来没见过这么美的东西。”

“这是全身心恋着她的捕获物的维纳斯!”德·佩尔奥拉德很满意我的热情态度,高声吟出这句诗来。

铜像那双用白银镶嵌的眼珠亮闪闪的,同年代久远使整座塑像蒙上的一层墨绿色铜锈恰成对比,也许增加了这种恶毒讥诮的表情。这双闪闪发亮的眼睛使人产生某种幻觉,以为铜像是真实存在,具有生命。我想起我的向导对我说过的话,这尊铜像能使注视它的人低眉垂首。情况几乎确实如此,我面对这尊铜像感到有点不自在,禁不住对自己气恼起来。

我的主人说:“我亲爱的考古同行,你已经全部仔细欣赏过一遍,如果你愿意,我们来进行一番科学讨论。你还压根没注意到这句铭文,对此你有什么见解?”

他指给我看铜像的台座,我看见上面有这几个字:

CAVE AMANTEM

“Quid dieis, doctissime[①]?”他搓着手问我,“看看我们对这句cave amantem是否所见略同!”

我回答:“可是,这有两种意思。可以翻译成:‘提防爱你的人,莫信你的情人。’不过,这样解释,我不知道cave amantem是不是一句纯正的拉丁语。看到这个女人恶魔般的神态,我宁可认为,艺术家是要让观者提防这种可怕的美。所以我想译成:‘倘若她爱上你,你可要小心提防。”’

德·佩尔奥拉德先生说:“唔,是的,这样理解也可以;不过,请你别见怪,我更喜欢第一种译法,但我要加以发挥。你知道维纳斯的情人吗?”

“有好几个呢。”

“是的;但第一个是伍尔卡努斯[②]。艺术家是不是想说:‘虽然你娉婷迷人,心高气傲,将来你的情人不就是个铁匠,一个丑陋不堪的瘸子?’先生,对那些轻佻女人,这是深刻的教诲!”

我不由自主笑了笑,这种解释我觉得未免太牵强附会了。

“拉丁文非常简练,是一种了不得的语言。”我想避免明确地反

---

① “博学的人,你有什么见解?”

② 罗马的火神和炼铁业的保护神。

驳这位考古学家，便这样说，我后退几步，以便更好地观赏这尊铜像。

“等一下，同行！”德·佩尔奥拉德先生拉住我的臂膀说，“你还没有看全。另有一段铭文。请登上台座，看一看铜像的右臂。”他一边说一边帮我爬上去。

我毫不客气地攀住维纳斯铜像的脖子，我开始同她亲热起来。我甚至逼近脸去端详她，觉得她近看更加凶恶，更加漂亮。然后我发现她的臂上刻着几个似乎是古代草书的字。全靠圆框眼镜帮忙，我才拼读出下面几行字，我每读出一个字，德·佩尔奥拉德先生便重复一遍，用手势和声调表示赞同。我读出来的字是：

VENERI TVRBVL…

EVTYCHES MYRO

IMPERIO FECIT. ①

在第一行的 TVRBVL 这个字后面，我觉得有几个字母模糊了；但 TVRBVL 清晰可见。

---

① 铜像上的铭文十分古奥，并不是拉丁文；这三行字的含义见下文。

“这是什么意思?”我的主人问我,他神采焕发,带着狡黠的微笑,因为他以为我不会轻而易举地解读 TVRBVL 这个字。

“有一个字我还解释不出,”我对他说,“其余几个字很容易懂。厄蒂金斯·米隆遵照维纳斯之命,向她作此奉献。”

“妙极了!可是,你怎么解释 TVRBVL?这是什么意思?”

“TVRBVL 把我难住了。我白白地寻找众所周知的、能帮助我作解释的、形容维纳斯的词。你认为 TVRBVLENTA 怎样?扰乱安宁的、使人不安的维纳斯……你发现我一直记着她的凶相吧。TVRBVLENTA,这对维纳斯绝对不是太坏的形容词。”我谦逊地加上一句,因为我对自己的解释也不很满意。

“爱闹事的维纳斯!爱吵爱闹的维纳斯!啊!你以为我的维纳斯是酒馆里的维纳斯么?根本不是,先生;这是上流社会的维纳斯。我来给你解释 TVRBVL 这个词……你至少得答应我,在我的学术论文发表之前,决不要透露我的发现。你知道,因为我以这个发现为荣……对于我们这些可怜的外省人,你们总得留点麦穗给我们来捡呀。巴黎的学者先生们,你们是这样富有嘛!”

我始终攀附在台座上,我在高处向他庄严允诺,我决不会卑鄙无耻,剽窃他的发现。

“TVRBVL……,先生,”他靠拢来,生怕第三者听到他的话,压低声音说，“应读作 TVRBVLNERA。”

“我越发不明白了。”

“听我说，离这儿一里地的山脚下，有一个村庄，名叫布尔泰内尔。这是我这个拉丁字 TVRBVLNERA 的误用。这种字母的颠倒运用是十分普遍的①。先生，布尔泰内尔曾经是一座罗马人的城市。我一直疑心是这样，但始终没有找到证据。现在，证据就在眼前。这尊维纳斯像就是布尔泰内尔城的土地神，我刚才指出了布尔泰内尔的字源，这个城市的名字证明了一件有趣得多的事，那就是，布尔泰内尔在成为罗马人的城市之前，曾是一座腓尼基人的城市！”

他停了一下，喘口气，对我的惊异感到自鸣得意。我竭力忍住想笑的强烈愿望。

“事实上，”他继续说，“TVRBVLNERA 是纯粹的排腓基字，TVR 念作 TOUR …TOUR 和 SOUR 是同一个字，对不？SOUR 是排腓基语的蒂尔②；我用不着对你解释这个字的意义了。BVL 就是

---

① 布尔泰内尔（Boulternère）与 TVRBVLNERA 所用的字母基本相同，只是字母排列不一样。

② 蒂尔是腓尼基人建立在岛上的城邦，现为黎巴嫩的苏尔，公元前七世纪曾为地中海东部的主要港口。

Baal,[①]Bâl,Bel,Bul,读音略有不同。至于 NERA,这使我感到有点为难。由于找不到相应的排腓基语,我倾向于认为,这来自希腊文 υηρός,意为潮湿的、沼泽的。这大约是个混成词。为了证实是这个希腊字,我会指给你看,布尔泰内尔的山泉怎样形成发臭的水塘。另外,词根 NERA 可能是后来为了对泰特里居斯[②]的妻子奈拉·皮韦苏维亚表示敬意才添上去的,她可能对图布尔城邦做过好事。”

他得意洋洋地吸了一撮鼻烟。

“不过,我们撇开腓尼基人不谈,还是回到铭文上来吧。我译成这样:米隆遵照布尔泰内尔的保护神维纳斯之命,将他的作品、这尊铜像奉献给女神。”

我避免去批评他的词源学,但我也想表现一下我的洞察力,我对他说:

“等一下,先生。米隆是奉献了什么,可是我绝不认为就是这尊铜像。”

“怎么!”他喊道,“米隆难道不是一个著名的古希腊雕刻家吗?

---

① 腓尼基人的神祇。

② 泰特里居斯是三世纪时的罗马暴君。

才华会世代相传：大约是他的一个后代塑造了这尊铜像。这是确定无疑的。”

我反驳说：“但是，我看到手臂上有一个小孔。我认为是用来固定什么东西的，比如说一只手镯，这个米隆以此献给维纳斯作为赎罪。米隆在爱情上遭到不幸。维纳斯对他有气：他为了平息她的怒气，奉献给她一只金手镯。请注意，fecit 常常用于 consecravit（奉献）这个意义。这是两个同义词。如果我手头有格吕泰或者奥雷利[①]的著作，我可以给你举出不止一个例子。一个恋人做梦见到维纳斯，以为她命他向她的铜像献出一只金手镯，这是自然而然的事。米隆便向女神献上一只手镯……后来，蛮族或者哪个渎神的小偷……”

“啊！你分明是在任意杜撰！”我的主人大声说，一面伸过手来扶我下地，“不，先生，这是米隆流派的一件作品。只要看看那做工，你就会心悦诚服了。”

由于我给自己定下一个信条，从不过分地跟固执己见的考古学家唱反调，我便信服地低下头，一面说：

---

① 格吕泰（1560—1627）：荷兰的希腊、罗马语文学者；奥雷利（1787—1849）：瑞士语言学家，对西塞罗、贺拉斯、塔西陀尤有研究。

"这是一件令人称赏不置的作品。"

"啊！我的天，"德·佩尔奥拉德先生喊道，"又是一起破坏文物的行为！大概有人向我的铜像扔了石头！"

他适才看到维纳斯铜像乳房上面一点有一道白痕。我也注意到右手指上有同样的痕迹，我推想，那是石头飞过来时擦上的，或者是石头击中铜像时碎裂的一小块反弹到手上。我把亲眼目睹的侮辱行为和随之而来的惩罚说给主人听。他大笑不止，将那个艺徒比作狄俄墨得斯①，希望那个艺徒也像希腊英雄那样，看到伙伴们都变成白鸟。

午餐的钟声打断了这场引经据典的谈话，同昨天一样，我不得不吃得撑肠拄肚。随后德·佩尔奥拉德先生的佃户来了；他跟他们见面时，他的儿子带我去看一辆敞篷四轮马车，这是他为未婚妻在图卢兹买来的，我表示赞赏，这是不用说的。然后我同他走进马厩，他留住我有半小时，向我夸耀他的马，叙述它们的世系，列举它们在省里赛马中获得的奖。最后，他从准备送给未婚妻的一匹灰色牝马，把话题转到她的身上。他说：

---

① 狄俄墨得斯：希腊神话中的英雄，后因误伤维纳斯（即雅典娜），受女神迫害，晚年渡海至意大利，他的同伴在那里变成白鸟。

“今天我们会见到她。我不知道你是否感到她很漂亮。你们这些巴黎人总爱挑剔；但在这里和佩皮尼昂，人人都觉得她很迷人。好就好在她非常有钱。她在普拉德的那个姑母把财产留给了她。噢！我就要成为无上幸福的人啦。”

看到一个年轻人对未婚妻的嫁妆比对她美丽的眼睛似乎更加动心，我非常反感。

“你对首饰很在行，”阿尔封斯先生继续说，“你觉得这件首饰怎样？这是我明天要送给她的结婚戒指。”

说着，他从小指的第一指节取下一枚很大的戒指，缀满钻石，戒指的形状做成双手紧握；我觉得这含义具有无限诗意。做工古老，但我认为重新整修过，以便镶上钻石。戒指内侧可以见到哥特体的几个字：Sempr' ab ti，意思是：永远相随。

“这只戒指很漂亮，”我对他说，“不过，添上钻石使它稍为失去原来的特点。”

“噢！这样漂亮得多，”他含笑回答，“上面的钻石值到一千二百法郎呢。这是我母亲给我的。这枚祖传的戒指年代久远，……属于骑士时代。我的祖母戴过它，而我祖母又是从她的祖母那里继承下来的。天知道这是什么时候打成的。”

我对他说：“眼下巴黎的习惯是送一枚普普通通的戒指，一般由两种不同的金属制成,例如黄金和白银。瞧,你这只手指上的另一枚戒指就非常合适。这一枚又是钻石,又是突起的两只手,大得无法戴上手套。”

“哦!阿尔封斯太太爱怎么处置都行。我相信她得到这枚戒指总是会非常高兴的。一千二百法郎戴在手指上,这是快意的事。这只小戒指,”他得意地瞧着手上戴着的那枚没有什么镶嵌的戒指,添上说,“这是有一年狂欢节的最后一天,在巴黎一个女人给我的。啊!两年前我在巴黎玩得多痛快啊!那里真是个纵情取乐的地方!……”他不胜怀念地慨叹一声。

这一天,我们要到皮加里女方父母家吃晚饭;我们坐上四轮敞篷马车,来到距伊尔大约一法里半的古堡。我作为新郎家的朋友受到介绍和接待。我就不谈晚餐和随之而来的谈话了,我很少参加谈话。阿尔封斯先生坐在未婚妻身旁,每隔一刻钟在她的耳畔说上一句话。她呢,她几乎一直低额颔首,每次她的未婚夫跟她说话时,她便羞涩地满脸绯红,但回答他却并不扭扭捏捏。

德·皮加里小姐十八岁,她苗条而纤弱的身段,同她健壮的未婚夫骨骼粗大的体型恰成对照。她不仅面目姣好,而且楚楚动人。我很赞赏她每句回答都非常自然;她神态和善,但并不排除略带一点狡黠色彩,这使我不由得想起我的主人的维纳斯铜像。我心里这样做着比较，一面寻思，应该说铜像的美略胜一筹，这是否大半由于那种母老虎的神情所致呢；因为意志力即使存在于邪恶的情感中，也总是在我们身上激起惊异和一种不由自主的赞叹。

离开皮加里时，我想："一个这样可爱的姑娘偏偏有钱，她的嫁妆又使她受到一个与她不般配的男人追求，这真是令人遗憾！"

回伊尔的路上，我觉得应该同德·佩尔奥拉德太太不时说上几句话才算得体，但又不知道说什么好。

"你们在鲁西荣真是不信神信鬼呀！"我大声说，"夫人，你怎么挑个星期五举行婚礼呢！在巴黎，我们要更讲迷信；谁也不敢在这一天娶亲。"

"我的上帝！别提了，"她对我说，"如果这取决于我的话，就会挑别的日子。但佩尔奥拉德愿意，而且非依他不可。这叫我忧虑不安。出了事怎么办？说到底，为什么人人都怕星期五？总该有道理嘛。"

"星期五！"她的丈夫大声说，"这是维纳斯的日子！也是举行婚礼的好日子！我亲爱的同行，你看出来了吧，我一心想着我的维纳斯铜像。说实话，正是由于这铜像，我才挑了星期五。明天，如果你愿意，举行婚礼之前，我们向她小小祭奠一下，供上两只斑尾林鸽，要是我知道哪儿能找到供香的话……"

"呸,佩尔奥拉德!"他妻子气愤到极点,打断说,"向一个偶像烧香!简直是可恶透顶!四邻八舍会怎样议论我们?"

德·佩尔奥拉德先生说:"你至少让我给她头上戴上一个玫瑰花和百合花编成的花冠吧:

Manibus date li1ia plenis①。

你也知道,先生,宪章只是一纸空文,我们并没有信仰自由!"

第二天的活动是这样安排的。所有人十点整都要准备停当,打扮完毕。喝完巧克力,坐车前往皮加里。在村公所举行世俗婚礼,然后在古堡小教堂举行宗教仪式。接着吃中饭。午饭后自由支配时间,直至下午七点。七点钟返回伊尔的德·佩尔奥拉德先生家中,两家人聚在一起共进晚餐。随后的事听其自然。由于不能跳舞,便打算吃个痛快。

早上从八点开始,我便坐在维纳斯铜像前,手执铅笔,有一二十次重新开始临摹铜像的头,却总也抓不住脸部表情。德·佩尔

① 语出维吉尔的《埃涅阿斯纪》第六章,883 行,意为:"满把撒出百合花。"

奥拉德先生在我周围踱来踱去，给我指点，对我唠叨着他的腓尼基文词源；后来他在铜像台座上摆上孟加拉玫瑰，用悲喜剧一般的语调求铜像保佑即将在他家里生活的新婚夫妇。九点左右，他回屋去更衣打扮，这时阿尔封斯露面了，他穿着紧裹身体的新礼服，戴着白手套，穿着漆皮鞋，镂花纽扣，礼服扣眼插着一朵玫瑰花。

“以后你给我妻子画张肖像吧?”他俯下身对着我的画，对我说，“她也很漂亮。”

这时，在上文提到的网球场上，开始了一场球赛，这场球立即吸引住了阿尔封斯先生。我画累了，而且因画不出这副恶魔般的面容而泄气，过了一会儿，我丢下画像，去看打球。打球的人当中，有几个是昨天刚到的西班牙赶骡人。他们是阿拉贡人和纳瓦拉人①，几乎个个都灵活敏捷。伊尔人虽然有阿尔封斯先生在场和指导，受到鼓舞，还是很快就被那些新来的网球好手打败了。围观的法国人十分惊愕。阿尔封斯看看表。才九点半。他的母亲还没有梳好头。他不再犹豫：他脱下礼服，借了一件上衣，要同西班牙人对垒。我微笑着看他更衣，有点吃惊。

---

① 阿拉贡在西班牙的东北地区，纳瓦拉是西班牙旧时的一个地区，在比利牛斯山和伊比利亚山之间。

他说："一定要维护当地的荣誉。"

这时我发现他确实很英俊。他热情迸发。刚才他小心在意自己的衣着，如今衣着已不当一回事了。几分钟前，他说不定担心一扭头会把领带弄歪。现在他把卷发也好，皱折烫得工工整整的襟饰也好，都置诸脑后。他的新娘呢？……说实话，如果必要，我想他会让人推迟婚礼。我看见他匆匆穿上一双运动鞋，挽起袖管，信心十足地率领战败的一方，仿佛恺撒在迪拉希乌姆[①]收拾残兵，重整旗鼓一样。我跃过篱笆，站在一棵朴树的树荫下，好舒服一些，以便好好观看对垒的双方。

阿尔封斯第一个球没有接住，使众人大失所望；这个球是一个阿拉贡人以惊人的力量发出的，而且紧擦地面，确实难接；看样子，这个阿拉贡人是西班牙人的头号好手。

此人四十来岁，干瘦而矫健有力，身高六尺，他那橄榄色的皮肤颜色深得几乎像维纳斯像的青铜一般。

阿尔封斯先生气得将球拍甩在地上。他大声说：

"都是这该死的戒指箍紧我的手指，弄得我接不住一个十拿九

---

① 迪拉希乌姆即今日阿尔巴尼亚的都拉斯，当年恺撒打算在此包围庞贝，反为庞贝打败。

稳的球！”

他好不容易脱下钻戒：我走过去想接住戒指；但他抢先一步，跑到维纳斯铜像面前，将戒指套在铜像的无名指上，然后返回给伊尔人打头阵。

他脸色发白，但是冷静坚决。从这时起，他再没有失误过一次，西班牙人彻底败北。观众的热情蔚为壮观：有的欢呼雀跃，把帽子抛到空中；还有的跟他握手，说他为当地增光。即令他打退一次入侵，我也怀疑他会受到更热烈和更真诚的祝贺。战败一方垂头丧气，更增添了他胜利的光彩。

“我们改天再打，老兄，”他盛气凌人地对阿拉贡人说，“不过我让你们几分。”

我真希望阿尔封斯先生更谦虚一些，几乎要为他的对手受到侮辱而难过。

西班牙巨人深深感到侮辱。我看见他晒黑的脸泛白了。他咬紧牙关，阴郁地瞧着球拍；然后，他闷声闷气地说：Me lo pagaràs①。

德·佩尔奥拉德先生的声音扰乱了他儿子得胜以后的欢乐情绪：我的主人不见儿子吩咐准备好那辆新马车，十分惊诧，看到他

① 西班牙语，意为：等我跟你算账。

手里握着球拍，浑身是汗，就更加愕然了。阿尔封斯先生跑回屋去，洗手洗脸，重新穿上新礼服和漆皮鞋，五分钟后，我们便乘着马车，奔驰在通往皮加里的大路上。城里所有的网球手和许多观众跟随着我们，高兴得大喊大叫。驾车的几匹强壮的马刚能跑在这些不屈不挠的卡塔卢尼亚人前面。

我们来到了皮加里，婚礼队伍正要上村公所，这时，阿尔封斯先生拍拍脑门，低声对我说：

“真是疏忽大意！我忘了取回戒指！戒指还在维纳斯像的手指上，说不定会被哪个鬼家伙拿走！千万别告诉我母亲。也许她一点不会发觉。”

我对他说：“你可以派人去取来。”

“唉！我的跟班在伊尔，这儿的仆人我不太相信。值一千二百法郎的钻石啊！这会诱惑不止一个仆人。这里的人要是知道我这样粗心大意，会作何感想呢？他们会百般嘲弄我。他们会管我叫铜像的丈夫……但愿没人偷走戒指！幸亏偶像使那些浑小子害怕。他们不敢走到离她一臂远的地方。啊！没关系；我还有一枚戒指。”

世俗和宗教两个婚礼仪式举行过了，既讲究排场又有分寸；德·皮加里小姐得到的是一位巴黎制帽店老板娘的戒指，没疑心到她的未婚夫已献祭了给她的一件爱情信物。然后大家入席，又吃又喝，甚至唱歌，时间拖得很长。新娘周围爆发出一阵阵粗鄙的笑语声，我为她感到难受：但她比我预料的更为落落大方，她的窘迫既不笨拙，也不装腔作势。

也许困境中才能见勇敢沉毅吧。

上帝保佑，这顿午饭在下午四点结束了，男客到景色秀美的花园中散步，或者到古堡的草坪上观看身穿节日盛装的皮加里农妇跳舞。就这样我们消磨了几个钟头。女客们迫不及待围住新娘，她给她们看送给新娘的结婚礼物。然后她换了装，我注意到她的秀发上面戴了一顶软帽和一顶有羽饰的罩帽，因为女人们总是心急火燎，一有可能，便戴上她们做姑娘时风俗禁止她们佩戴的华丽装饰品。

等到大家准备动身到伊尔去时，已经将近八点。行前出现了一幕动人的情景。德·皮加里小姐有一位姨母，待她如同母亲，已到耄耋之年，十分虔诚，无法跟我们到城里。出发前她对外甥女开导一番，要外甥女尽为妻之道，十分感人，随之而来的是泪如泉涌和没完没了的拥抱。德·佩尔奥拉德先生将这个离别场面比作萨宾少女被劫①。我们终于上路了，一路上，人人都竭力为新娘排遣

① 公元前八世纪，罗马人在欢庆中掳掠中部地区的萨宾族少女为妻，以此风俗吸引其他城邦。

愁绪，想使她开颜一笑，但无济于事。

在伊尔，人们正等着我们开宴，多么丰盛的晚餐啊！上午那些粗鄙的捉弄已使我反感，席间针对新郎新娘的双关语和玩笑话更使我恶心。入席前，新郎有一会儿消失不见了；他脸色苍白，冷若冰霜。他不停地喝着科利乌尔[①]陈年葡萄酒，这酒几乎跟烧酒一样凶。我坐在他身旁，自觉有必要提醒他：

“当心！据说这酒……”

我不知对他说了些什么蠢话，竟然跟宾客同流合污了。

他碰了碰我的膝盖，悄声对我说：

“酒席散了以后……我想同你说两句话。”

他郑重其事的口吻使我吃了一惊。我细细端详他，发觉他的面容起了古怪的变化。我问他：

“你感到不舒服吗？”

“没有。”

他又喝起酒来。

在叫声和掌声中，一个刚才钻到桌子底下的十一岁的孩子，拿给参加婚礼的人看一条红白相间的漂亮丝带，这是他刚从新娘的

---

① 科利乌尔是东比利牛斯省的市镇，盛产葡萄酒。

脚踝上解下来的。这叫新娘的吊袜带，按照某些古老世家保存着的古风，吊袜带立即被剪成一块块，分给年轻人，他们装饰在自己上衣翻领的饰孔里。这时，新娘可要臊个大红脸……可是，使新娘手足无措的是，德·佩尔奥拉德先生要求大家安静，对新娘吟诵几句卡塔卢尼亚方言的诗句，据他说，这是即兴写成的。如果我理解正确，大意如下：

“朋友们，怎么回事？我饮下的美酒使我看重了？这儿有两个维纳斯……”

新郎惊恐不安地突然扭过头去，使得众人哄笑起来。

德·佩尔奥拉德先生继续说：“是的，在我的家里有两个维纳斯。一个像块菰，我在地底下找到的；另一个从天而降，刚把她的腰带分给我们。”

他说腰带，指的是吊袜带。

“我的孩子，在古罗马的维纳斯和卡塔卢尼亚的维纳斯当中，挑选你最喜欢的一个吧。傻小子选中了卡塔卢尼亚的维纳斯，好的一份属于他。罗马的维纳斯是乌黑的，卡塔卢尼亚的维纳斯是雪白的。罗马的那一位是冰冷的，卡塔卢尼亚的那位使所有走近她的人热情迸发。”

这个精彩结尾激起了一阵欢呼声、震耳欲聋的掌声和哄堂大笑,我都以为天花板快要掉到我们头上了。酒席上只有三张脸是严肃的,那就是一对新娘新郎和我的脸孔。我头痛发胀:再说,不知为什么,婚礼总是使我黯然神伤。这场婚礼尤其使我有点恶心。

副镇长吟诵完最后几段诗句,应该说,这些诗句十分庸俗下流。然后大家到客厅去受用新娘退席的情趣,时近午夜,她就要进入洞房了。

阿尔封斯先生把我拉到一个窗洞前,眼睛望着别处,对我说:

“你要讥笑我的……我不知自己怎么回事……我中了邪了!真见鬼了!”

来到我脑际的第一个想法是,他自以为受到某种不幸的威胁,对此,蒙田和德·塞维涅夫人①说过:

“整个爱情王国充满了悲剧故事”,等等。

我心想,我还以为这一类惨祸只发生在思想活跃的人的身上。

我对他说:“亲爱的阿尔封斯先生,科利乌尔酒你喝得太多了。我已经提醒过你。”

“也许是的。但这件事要可怕得多。”

---

① 蒙田(1533—1598):法国散文家,著有《随笔集》;塞维涅夫人(1626—1696):法国书信作家。

他的声音断断续续。我认为他酩酊大醉了。隔了一会儿,他又说:

“你知道我戒指的事吧?”

“怎么,有人取走了?”

“没有。”

“这样的话,你拿到手了?”

“没有……我……我无法从维纳斯这个鬼东西的手指上脱下来。”

“哦!你拔的时候使劲不够吧。”

“使劲了……可是维纳斯铜像……她握紧了手指。”

他惊恐地盯着我,倚在长插销上,不致跌倒。我对他说:

“真是无稽之谈!你把戒指套得太往里了。明天你用钳子把它拔出来。但小心不要损坏铜像。”

“我说不行。维纳斯铜像的手指往回缩,握了起来;她握紧了手,你明白我的意思吗?……看来她成了我的妻子,因为我把结婚戒指给了她……她再也不肯还给我。”

我蓦地感到不寒而栗,顿时浑身起了鸡皮疙瘩。随后,他深深叹了一口气,一股酒气向我扑来,我的紧张心情涣然冰释。

我想,这家伙肯定是完全醉了。

“先生,你是考古学家,”新郎用可怜巴巴的语气说,“你熟悉这类塑像……或许有什么发条,什么机关,我一无所知……你去看看怎么样?”

“好的,”我说,“你跟我一起去。”

“不,最好你单独去。”

我走出客厅。

晚餐时天气已经骤变,开始下起瓢泼大雨,我正要去要一把雨伞,转念一想,又止住了脚步。我寻思:“我去证实一个醉汉对我所说的话,岂不是一个大傻瓜!再者,也许他想给我来个恶作剧,好给这些老实巴交的外省人提供笑料;至少我会淋得浑身湿透,患上重感冒。”

我从门口朝水淋淋的塑像瞄了一眼,没有返回客厅,就上楼到自己房里去了。我躺在床上;但久久不能入睡。白天的情景一幕幕浮现在我的脑际。我想到这个如此美丽纯洁的少女要献身给一个粗暴的醉汉。我心想,门当户对的婚姻多么可憎可恶!镇长戴上三色肩带,本堂神甫佩上襟带,于是世上最真正的姑娘就献给了弥诺陶罗斯①!这样的时刻,两个情人愿以生命的代价来换取,而

① 希腊神话中牛首人身的怪物,被关在克里特岛的迷宫中,每九年给它献上七对童男童女,后被忒修斯所杀。

两个不相爱的人，他们能互相说些什么呢？一个女子倘若见过一次男人撒野，她还会爱他吗？最初的印象不可磨灭，我对此深信不疑，这位阿尔封斯先生实在也该令人憎恶……

我的内心独白已经大大压缩，其间，我听到宅子里人来人往，开门关门，马车离去的嘈杂声音；后来我似乎听到楼梯上有几个女人轻轻的脚步声，她们朝走廊另一端与我房间相反的方向走去。这大约是送新娘入洞房的人。然后她们又下楼去了。德·佩尔奥拉德太太的房门关上了。我心想，这个可怜的姑娘该多么心慌意乱和窘迫难熬啊！我辗转反侧，心里不是滋味。在举办婚礼的人家，一个单身汉总是扮演愚蠢的角色。

沉寂笼罩了一会儿，然后又被上楼的沉重脚步扰乱了。木头楼梯吱嘎作响。

"这人真是笨手笨脚！"我大声说，"我敢打赌，他要摔在楼梯上。"

一切又重归寂静。我拿起一本书，想改变一下思路。这是本省的一本统计学著作，里面附有德·佩尔奥拉德先生的一篇学术论文，论述普拉德专区的德落伊教古迹。看到第三页，我便昏然入睡了。

我睡得不踏实，醒来好几次。大约是清晨五点，我醒来已有二十多分钟,这时雄鸡报晓。天快亮了。就在这时我清晰地听到同样沉重的脚步和楼梯的吱嘎声,像我入睡前听到的一样。我惊诧莫名。我打着呵欠,竭力揣度出阿尔封斯先生为什么起得这样早。我想象不出会可能这样。我刚要合眼,这时奇怪的顿足声、一会儿又夹杂着铃声和咿咿呀呀的开门声,重新吸引了我的注意,随后我听到模糊不清的叫喊声。

我跳下床来,心想:“莫非那个喝醉酒的家伙在什么地方放了把火!”

我赶快穿上衣服,来到走廊。从走廊的另一端发出喊叫和哀号,有个令人心碎的声音盖过其他声音:“我的儿啊!我的儿啊!”很明显,阿尔封斯先生出了事。我奔到新房:里面挤满了人。映入我眼帘的第一个景象,是年轻人半裸体横卧床上,床板压坏了。他面无血色,纹丝不动。他的母亲在他身旁又哭又叫。德·佩尔奥拉德先生手忙脚乱,用花露水给儿子擦太阳穴,有人把嗅盐放到阿尔封斯的鼻子下。唉!他的儿子已死去多时。在房间另一头的长靠背椅上,新娘正浑身可怕地抽搐着。她发出含混不清的喊叫,两个健壮的女仆费了好大的劲才把她按住。

我喊道:“天哪!究竟出了什么事?”

我走到床边,扶起不幸的年轻人的身体;身体已经僵硬冰凉。

他的牙齿咬紧,面孔发黑,表明极度的恐怖痛苦。可见他是暴死,死时很惨。衣服上却没有一丝血迹。我解开他的衬衫,看到他的胸脯上有一条青痕,一直延伸到肋部和背上。简直可以说他被铁圈勒过。我的脚踩在地毯的一件硬东西上;我弯下腰,看见是那枚钻戒。

我把德·佩尔奥拉德先生和他的妻子拉回他们房里;然后我叫人把新娘抱到那里。我对他们说:

"你们还有一个女儿,应该好好照料她。"

我撇下他们三个走开了。

在我看来,毫无疑问,阿尔封斯先生是被谋害的,凶手们设法在夜里潜入洞房。但是,胸脯上形成环状的伤痕,却使我费解,因为木棒或铁棍不会打成这样的伤痕。骤然间,我想起听人说过,在巴伦西亚①,有的好汉被人收买,用装满细沙的长条皮口袋把人打死。我随即想起那个赶骡子的阿拉贡人和他的威胁;可是,我几乎不敢相信,对于一句小小的玩笑,他竟然会加以这样可怕的报复。

我在宅子里四处寻找撬门去锁的痕迹,却根本找不到。我下楼来到花园,想看看凶手们是否会从这一边进来;但我没有找到任

---

① 巴伦西亚是西班牙的东部海港。

何确实的迹象。再说,昨夜那场雨使地面泥泞不堪,不可能留下清晰的印痕。不过,我观察到一些脚印深深印在地上;脚印朝相反两个方向的都有,但在同一条直线上,从毗连网球场的篱笆一角开始,到屋门口为止。这可能是阿尔封斯先生去找套在铜像手指上的戒指时留下的脚印。在另一边,篱笆的那一带比别处稀疏一些,凶手们大概就从这儿穿过去。我在铜像前来回踱步,停下来半晌注视着铜像。这回,我要承认,凝望着她那含讥带讽的凶恶神情,不能不感到恐惧;我的脑海里充满我刚刚亲眼目睹的可怕景象,我仿佛看见一个恶魔对这家人大祸临头拍手称快。

我回到自己房里,一直待到中午。然后我出来打听主人们的情况。他们平静了一点。德·皮加里小姐,我应该说阿尔封斯先生的寡妻,已经恢复了知觉。她甚至同佩皮尼昂的检察官谈了话,当时检察官正在伊尔巡视,他听取了她的证词。法官也要我提出证词。我对他讲了我所知道的情况,而且不隐瞒我对赶骡子的阿拉贡人的怀疑。他下令立即逮捕那个阿拉贡人。

我的证词作了笔录,我签了字以后,问检察官:“你从阿尔封斯太太那里获悉什么情况?”

“这个不幸的年轻女人已经疯了,”他惨然一笑,对我说,“疯了!完全疯了。她是这样说的:

“她说，她放下床幔，躺了几分钟，这时，她的房门打开了，有人进来。阿尔封斯太太睡在靠墙那一边，面朝墙壁。她一动不动，深信这是她的丈夫。过了一会儿，床吱呀作响，仿佛载着重物。她恐惧万分，但不敢扭过头去。五分钟，也许十分钟这样过去了……她已无法意识时间长短。后来她无意之中动了动，或者是躺在床上的那个人动了一下，她觉得触到一样东西，像冰一样冷，这是她的说法。她浑身哆嗦，紧靠着墙那边。不久，房门第二次打开，有人进来，说道：‘晚安，亲爱的’。一忽儿，有人拉开床幔。她听到一下憋闷的喊声。躺在床上她身边的那个人坐了起来，好像朝前伸出双臂。于是她扭过头去……她说，她看到丈夫跪在床边，脑袋跟枕头一般高，被一个暗绿色的巨人使劲紧抱在怀里。她说，而且对我重复了多少次，这个可怜的女人，她说她认出了……你猜到了吧？那是维纳斯铜像，德·佩尔奥拉德先生的那尊塑像……自从这铜像在本地出现以来，人人都梦见她。我把不幸的疯女人叙述的事讲下去。看到这种情景，她昏了过去，说不定她早已丧失理智。她根本说不清自己昏过去多少时候。待她清醒过来，她又看见那鬼怪，或者像她一直说的，那尊铜像，一动不动，双腿和下身在床上，上身和双臂伸向前，怀里抱着她的丈夫，他已经毫不动弹了。一只雄鸡报晓了。于是铜像下了床，让死尸倒下，走了出去。阿尔封斯太太拉铃叫人，其余的情况你都知道了。”

那个西班牙人带来了；他很平静，十分镇定和机敏地为自己辩护。另外，他并不否认我听到的那句话，但他解释说，他没有别的意思，无非是说等第二天他休息过以后，会从赢过他的人那里赢回一局。我记得他还说：

“一个阿拉贡人受到侮辱，不会等到第二天才报仇雪耻。要是我认为阿尔封斯先生有意侮辱我，我会当场就往他的肚子戳一刀。”

拿他的鞋同花园里的脚印作了比较；他的鞋大了许多。

最后，他投宿的那家旅店的老板，肯定他整夜都在给一头生病的骡子按摩并喂它吃药。

此外，这个阿拉贡人相当有名望，在当地人人皆知，他每年都到这里来做生意。于是向他道了歉，放他走了。

我忘了说一个仆人的证词，他是最后一个看到阿尔封斯活着的人。当时阿尔封斯就要上楼到新房去。他叫住这个仆人，焦虑不安地问是否知道我在哪里。仆人回答，他根本没看见我。于是阿尔封斯先生叹了一口气，有一分多钟默不作声，然后他说：“得了！大概他也去见鬼了！”

我问这个仆人，阿尔封斯先生跟他说话时，是否戴着他的钻戒。仆人迟疑着没有回答；最后他说，他认为没有，再说他也根本没有注意这个。

“他要是戴着这枚戒指，”他改口说，“我肯定会注意到，因为我一直以为他把戒指送给了阿尔封斯太太。”

在盘问这个仆人时，我感到一点迷信的恐怖，阿尔封斯太太的证词已使这种气氛弥漫整个宅子。检察官微笑着注视我，我也就不再坚持问下去。

阿尔封斯先生下葬后几小时，我打算离开伊尔。德·佩尔奥拉德先生的马车要把我送到佩皮尼昂。尽管可怜的老人身子虚弱，仍然想送我到花园门口。我们默默地穿过花园，他倚在我的手臂上，步履维艰。分手那一刻，我朝维纳斯铜像瞥了最后一眼。我预料到，虽然我的主人丝毫不感到铜像使他家里一部分人产生的恐怖和憎恨，他还是愿意处理掉这件会使他不断想起那场惨祸的东西。我想劝他把铜像放到博物馆里去。我游移不决，是否谈及这事，这时德·佩尔奥拉德情不自禁地转过头，朝我呆望的地方看去。他看到铜像，立刻泪流满面。我拥抱他，不敢对他说一句话，登上了马车。

自从我走后，我丝毫没听说有了什么新线索来弄清这场神秘的灾祸。

德·佩尔奥拉德先生在他儿子死后几个月就辞世了。他通过遗嘱把手稿留给了我,或许有一天我会把它们公之于世。我没有找到那篇关于维纳斯铜像上的铭文的学术论文。

附记:我的朋友德·P先生刚从佩皮尼昂写信给我,铜像已不存在了。德·佩尔奥拉德太太在丈夫死后,首先关心的是把铜像熔铸成一口钟,铜像以这种新形式为伊尔的教堂效劳。德·P先生还说,但是,似乎谁占有这青铜制品谁就倒霉。自从这口钟在伊尔震响以来,葡萄已经冻坏过两次。

一八三七年

郑克鲁 译

嘉尔曼

一

一般地理学家说孟达一仗的战场是在古代巴斯多里—包尼人[①]的区域之内,靠近现在的芒达镇,在玛尔倍拉商埠北七八里的地方:我一向疑心这是他们信口开河。根据佚名氏所作的《西班牙之战》,和奥须那公爵皮藏丰富的图书馆中的材料,我推敲之下,认为那赫赫有名的战场,恺撒与罗马共和国

① 巴斯多里—包尼人为古代迦太基族之一支。公元前八世纪时迦太基族散布于地中海沿岸,包括西班牙滨海地区在内。

的领袖们背城一战的地点，应当到蒙底拉[①]附近去寻访。1830年初秋，因为道经安达鲁齐[②]，我就作了一次旅行，范围相当广大，以便解答某些悬而未决的疑问。我不久要发表的一篇报告，希望能使所有信实的考古学家不再彷徨。但在我那篇论文尚未将全欧洲的学术界莫衷一是的地理问题彻底解决以前，我想先讲一个小故事；那故事，对于孟达战场这个重大的问题，决不先下任何断语。

当时我在高杜城内雇了一名向导，两匹马，出发探访，带的全部行装只有一部恺撒的《出征记》和几件衬衣。有一天，我在加希那平原的高地上踯躅，又困乏，又口渴，赤日当空，灼人肌肤，我正恨不得把恺撒和庞培的儿子们一齐咒入地狱的时候，忽然瞥见离开我所走的小路相当远的地方，有一小块青翠的草坪，疏疏落落长着灯芯草和芦苇。这是近旁必有水源的标志。果然，走近去就发

---

① 罗马共和时代末期（公元前49年），恺撒自高卢戍地进军罗马，将执政庞培及元老逐出意大利半岛，又回军人西班牙，击溃庞培派驻该地的军队，史家称为西班牙之战。孟达一仗为该战中之主要战役。——玛尔倍拉为西班牙南端位于地中海上之商埠，蒙底拉在玛尔倍拉北约七十余英里。

② 安达鲁齐为西班牙南部一大行省，包括八州；上文所举城镇均在辖境内。

现所谓草坪原是有一道泉水灌注的沼泽，泉水仿佛出自一个很窄的山峡，形成那个峡的两堵危崖靠在加勃拉山脉上。我断定缘溪而上，山水必更清冽，既可略减水蛭与蛤蟆之患，或许还有些少荫蔽之处。刚进峡口，我的马就嘶叫了一声，另外一匹我看不见的马立即响应。走了不过百余步，山峡豁然开朗，给我看到一个天然的圆形广场，四周巉岩拱立，恰好把整个场地罩在阴影中。出门人中途歇脚，休想遇到一个比此更舒服的地方了。峭壁之下，泉水奔腾飞涌，直泻入一小潭中，潭底细沙洁白如雪。旁边更有橡树五六株，因为终年避风，兼有甘泉滋润，故苍翠雄伟，浓阴匝地，掩覆于小潭之上。潭的四周铺着一片绿油油的细草；在方圆几十里的小客店内绝没有这样美好的床席。

可是我不能自鸣得意，说这样一个清幽的地方是我发现的。一个男人已经先在那儿歇着，在我进入山谷的时候一定还是睡着的。被马嘶声惊醒之下，他站起来朝着马走过去；它却趁着主人打盹跑到四边草地上大嚼。那人是个年轻汉子，中等身材，看来长得很结实，目光阴沉，骄傲。原来可能很好看的皮色被太阳晒得比头发还黑。他一手拉着坐骑的缰绳，一手拿着一支铜的短铳。说老实话，我看了那副凶相和短铳，最初有点吃惊；但我已经不信有什么土匪了，因为老是听人讲起而从来没遇到过。并且老实的庄稼人全副武装的去赶集，我也见得多了，不能看到一件武器就疑心那生客不是安分良民。心里还想：我这几件衬衣和几本埃尔才维版子[①]的《出征记》，他拿去有什么用呢？我对拿枪的家伙亲热地点点头，笑着问他是否被我打扰了清梦，他不回答，只把我从头到脚地打量；打量完毕，似乎满意了，又把我那个正在走近的向导同样细瞧了一番。不料向导突然脸色发青，站住了，显而易见吃了一惊。“糟了糟了，碰到坏人了！”我私下想；但为谨慎起见，立即决定不动声色。我下了马，吩咐向导卸下马辔；然后我跪在水边把头和手浸了一会，喝了一大口水，合扑着身子躺下了，像基甸手下的没出息的大兵一样[②]。

同时我仍暗中留神我的向导和生客。向导明明是很不乐意的走过来的……生客似乎对我们并无恶意，因为他把马放走了，短铳原来是平着拿的，此刻也枪口朝下了。

我觉得不应当因对方冷淡而生气，便躺在草地上，神气挺随便

---

① 埃尔才维为十六、十七世纪时荷兰有名的出版家，所印图书后来均成为珍本。

② 《旧约·士师记》第七章载，以色列人基甸反抗米甸人，耶和华令基甸挑选士卒，以河边饮水为试：凡用手捧水如狗欲饮者入选，凡跪下喝水者均被淘汰。

的问那带枪的人可有火石,同时掏出我的雪茄烟匣。陌生人始终一声不出,在衣袋里掏了一阵,拿出火石,忙着替我打火。他显然变得和气了些,竟在我对面坐下了,但短铳还是不离手。我点着了雪茄,又挑了一支最好的,问他抽不抽烟。

他回答说:“抽的,先生。”

这是他的第一句话,我发觉他念的 s 音不像安达鲁齐口音①,可见他和我同样是个旅客,只是不干考古这一行罢了。

“这支还不错,你不妨试试。”我一边说一边递给他一支真正哈瓦那的王家牌。

他略微点点头,拿我的雪茄把他的一支点上了,又点点头表示道谢,然后非常高兴的抽起来。

“啊,我好久没抽烟了!”他这么说着,把第一口烟从嘴里鼻子里慢慢的喷出来。

在西班牙,一支雪茄的授受就能结交朋友,正如近东一带拿盐和面包敬客一样。出我意料之外,那人倒是爱说话的。虽然自称为蒙底拉附近的人,他对地方可并不太熟悉。他不知道我们当时

---

① 安达鲁齐人读 s 音,一如西班牙人之读柔音 c 与 z,等于英语中之 th。故仅听 senor(先生)一字,即能辨出安达鲁齐口音。——原注

歇脚的那可爱的山谷叫什么名字，周围村子的名字，他也一个都说不上来；我问他有没有在近边见到什么残垣断壁，卷边的大瓦，雕刻的石头等等，他回答说从来没留意过这一类东西。另一方面，他对于马的一道非常内行，把我的一匹批评了一阵，那当然不难；接着又背出他那一匹的血统，有名的高杜养马场出身，据说是贵种，极其耐劳，有一回一天之中赶了一百二十多公里，而且不是飞奔便是疾走的。那生客正说在兴头上，忽然停住了，仿佛说了这么多话连他自己也觉得奇怪而且懊恼了。“那是因为我急于赶到高杜，为了一件官司要去央求法官……”他局促不安的补充，又瞧着我的向导安东尼奥，安东尼奥马上把眼睛望着地。

既有树荫，又有山泉，我不由得身心舒畅，想起蒙底拉的朋友们送我的几片上等火腿放在向导的褡裢①内。我就叫向导给拿来，邀客人也来享受一下临时点心。他固然好久没有抽烟，我看他至少也有四十八小时没吃过东西：狂吞大嚼，像只饿极的狼。可怜虫那天遇到我，恐怕真是天赐良缘了。但我的向导吃得不多，喝得更少，一句话都没有，虽然我一上路就发觉他是个头等话匣子。有了这生客在场，他似乎很窘；还有一种提防的心理使他们互相回避，

① 一种长形的布袋，中间开口，两头装物，可以背在肩上或挂在牲口上。

原因我可猜不透。

最后一些面包屑和火腿屑都给打发完了，各人又抽了一支雪茄，我吩咐向导套马，预备向新朋友告别，他却问我在哪儿过夜。

我还没注意到向导对我做的暗号，就回答说上居尔伏小客店。

“像你先生这样的人，那地方简直住不得……我也上那边去，要是许我奉陪，咱们可以同路。”

“欢迎欢迎。”我一边上马一边回答。

向导替我拿着脚镫，又对我睐睐眼睛。我耸耸肩膀表示满不在乎；然后出发了。

安乐尼奥那些神秘的暗号，不安的表情，陌生人的某些话，特别是一天赶一百二十公里的事和不近情理的说明，已经使我对旅伴的身份猜着几分。没有问题，我是碰上了一个走私的，或竟是个土匪；可是有什么关系呢？西班牙人的性格，我已经摸熟了，对一个和你一块儿抽过烟，吃过东西的人，尽可放心。有他同路，倒反是个保障，不会再遇到坏人。并且我很乐意知道所谓土匪究竟是何等人物。那可不是每天能碰上的；和一个危险分子在一起也不无奇趣，尤其遇到他和善而很斯文的时候。

我暗中希望能逐渐套出陌生人的真话，所以不管向导如何挤眉弄眼，径自把话扯到剪径的土匪身上，当然用的是颇有敬意的口吻。那时安达鲁齐有个出名的大盗叫做若瑟—玛丽亚，犯的案子都是脍炙人口的。“谁知道在我身边的不就是若瑟—玛丽亚呢？”我一边思忖，一边把听到的关于这位好汉的故事，拣那些说他好话的讲了几桩；同时又对他的勇武豪侠称赞了一番。

“若瑟—玛丽亚不过是个无赖小人。”那生客冷冷地说。

“这算是他对自己的评语呢，还是过分的谦虚？”我暗暗问自己，因为越看这同伴越觉得他像若瑟—玛丽亚了；我记得安达鲁齐许多地方的城门口都贴着告示，把他的相貌写得明明白白——对啦，一定是他……淡黄头发，蓝眼睛，大嘴巴，牙齿整齐，手很小；穿着上等料子的衬衣，外罩银纽丝绒上装，脚登白皮靴套，骑一匹浑身棕色而鬣毛带黑的马……一点不错！但他既然要隐姓埋名，我也不便点破。

我们到了小客店；旅伴的话果然不虚，我寄宿过的小客店，这一个算是最肮脏最要不得的了。一间大屋子兼作厨房、餐厅与卧室。中间放着一块平的石板，就在上面生火煮饭；烟从房顶上一个窟窿里出去，其实只停留在离地几尺的空中，像一堆云。靠壁地下铺着五六张骡皮，就算客铺了。整个屋子只有这间房；屋外一二十步有个棚子似的东西，算是马房。这个高雅的宾馆当时只住着两个人：一个老婆子和一个十一、二岁的小姑娘，都是煤烟般的皮色，衣服破烂不堪——我心上想：古孟达居民的后裔原来如此；噢，恺撒！噢，撒克多斯·庞培[①]！要是你们再回到世界上来，一定要惊诧不置呢！

老婆子一看见我的旅伴，就大惊小怪地叫了一声。

"啊！唐·若瑟大爷！"她嚷着。

唐·若瑟眉头一皱，很威严地举了举手，立刻把老婆子拦住了。我转身对向导偷偷递了个暗号，告诉他关于这同宿的伙伴，不必再和我多讲什么。晚饭倒比我意料中的丰盛。饭桌是张一尺来高的小桌子，第一道菜是老公鸡煨饭，辣椒放得很多，接着是油拌辣椒，最后是迦斯巴曲，一种辣椒做的生菜。三道这样刺激的菜，使我们不得不常常打酒囊的主意，那是山羊皮做的一种口袋，里头装的蒙底拉葡萄酒确是美好无比。吃完饭，看到壁上挂着一只曼陀铃——西班牙到处都有曼陀铃——我问侍候我们的小孩子会不会弹。

她回答说："我不会；可是唐·若瑟弹得真好呢！"

我便央求他："能不能来个曲子听听？我对贵国的音乐非常喜欢。"

---

① 撒克多斯·庞培为庞培次子。庞培死后，诸子仍与恺撒为敌。

“你先生人这么好，给了我这样名贵的雪茄，还有什么事我好意思拒绝呢?”唐·若瑟言语之间表示很高兴。

他教人摘下曼陀铃，自弹自唱起来。声音粗野，可是好听；调子凄凉而古怪；至于歌词，我连一个字都不懂。

“不知道我猜得对不对，”我跟他说，“你唱的不是西班牙调子，倒像我在外省[①]听见过的左旋歌[②]，歌词大概是巴斯克语。”

“对啦。”唐·若瑟脸色很阴沉。

他把曼陀铃放在地下，抱着手臂，呆呆地望着快熄灭的火，有种异样的忧郁的表情。小桌上的灯光映着他的脸，又庄严，又凶猛，令人想起弥尔顿诗中的撒旦。或许和撒旦一样，我这旅伴也在想着离别的家，想着他一失足成千古恨的逃亡生活[③]。我逗他继续

---

① 所谓外省，系指在法律上享有特权的几个省份，即阿拉伐，皮斯加伊，奇波谷河，以及拿伐的一部分。当地的语言为巴斯克语。——原注（译者按：在庇莱南山脉两侧的法国与西班牙居民，为一种特殊民族，称巴斯克人，所用语言即巴斯克语。）

② 左旋歌是巴斯克各省通行的一种带歌唱的舞蹈，拍子为八分之五。

③ 英国诗人弥尔顿(1608—1674)的史诗《失乐园》中描写撒旦的阴沉壮烈的面貌，故作者借此譬喻唐·若瑟。撒旦原为天使之一，以反抗上帝而入魔道，卒为群魔首领；但其脱离天堂等于逃亡，故作者以一失足成千古恨为譬。

谈话，他却置之不答，完全沉溺在忧郁的幻想中去了。老婆子已经在屋子的一角睡下；原来两边壁上系着根绳子，挂着一条七穿八洞的毯子作掩蔽，专为妇女们过宿的。小姑娘也跟着钻进那幔子。我的向导站起身来，要我陪他上马房；唐·若瑟听了突然惊醒过来，厉声问他上哪儿去。

"上马房去。"向导回答。

"干什么？马已经喂饱了。睡在这儿罢，先生不会见怪的。"

"我怕先生的马病了；希望他自个儿去瞧瞧，也许他知道该怎么办。"

显而易见，安东尼奥要和我私下讲几句话；但我不愿意让唐·若瑟多心，当时的局面，最好对他表示深信不疑。因此我回答安东尼奥，我对于马的事一窍不通，想睡觉了。唐·若瑟跟着安东尼奥上马房，一忽儿就单独回来，告诉我马明明很好，但向导把它看得名贵得不得了，用上衣替它摩擦，要它出汗，预备通宵不寐，自得其乐的搅这个玩意儿——我已经横倒在骡皮毯上，拿大衣把身体仔细裹好，生怕碰到毯子。唐·若瑟向我告了罪，要我原谅他放肆，睡在我旁边，然后他躺在大门口，可没有忘了把短铳换上门药①，放在当枕

① 门药为旧式枪械上用的发火药。

头用的褡裢底下。彼此道了晚安以后五分钟，我们俩都呼呼入睡了。

大概我劳累得很了，才能在这种客店里睡着；可是过了一小时，奇痒难熬的感觉打扰了我的好梦。等到弄明白了是怎么回事，我马上起来，私忖与其睡在这个欺侮客人的屋子里，不如露天过夜，便提着脚尖走到门口，跨过唐·若瑟的铺位；他睡梦正酣，我的动作又极其小心，居然走出屋子没把他惊醒。门外有一条阔凳，我横在上面，尽量的安排妥帖，准备把后半夜对付过去。正当要第二次合上眼睛的时候，仿佛有一个人和一匹马的影子，声息全无的在我面前闪过。我坐起一瞧，认出是安东尼奥。他这个时间跑出马房，不由得令人纳闷；我站起来向他走过去，他先瞧见了我，站住了。

"他在哪儿呀?"安东尼奥轻轻地问。

"在屋子里睡着呢；他倒不怕臭虫。你干嘛把马牵出来呢?"

那时我才发觉，为了要无声无息地走出棚子，安东尼奥撕了一条破毯子，把马蹄仔细裹上了。

"天哪！轻声点儿，"安东尼奥和我说。"你还不知道这家伙是谁吗？他便是若瑟·拿伐罗①，安达鲁齐顶出名的土匪！今天一天

---

① 唐·若瑟为拿伐人，故称之为若瑟·拿伐罗（拉丁系统的语言，形容词常放在后面）。

我对你递了多少眼色,你都不愿意理会。”

我回答:“土匪不土匪,跟我有什么相干!他又没抢劫我们,我敢打赌,他也绝无此意。”

“好吧;可是通风报信,把他拿住的人,有二百杜加①的赏洋可得。离此五公里,有个枪骑兵的驻扎所;天没亮以前,我还来得及带几个精壮结实的汉子来。我想把他的马骑着去,无奈它凶悍得厉害,除了拿伐罗,谁也近不得身。”

“该死的家伙!他什么事得罪了你,你要告发他?并且你敢断定他真是你所说的那个土匪吗?”

“当然罗。刚才他跟我上马房,对我说:你好像认得我;倘若你胆敢向那位好心的先生说出来,仔细你的脑袋——先生,你留在这儿,待在他身边,不用害怕。只要知道你在这儿,他就不会疑心。”

说话之间,我们已经走了一程,和屋子离得相当远,人家不会再听到马蹄铁的声音。安东尼奥一霎眼就把裹着马脚的破布扯掉,准备上马了。我软骗硬吓,想留住他。

他回答说:“先生,我是一个穷光蛋,不能轻易放过二百杜加,同时又为地方除一大害。可是你得小心点儿;倘若拿伐罗醒过来,

---

① 杜加为西班牙的一种金币,等于十二法郎。

一定会抓起他的短铳,那可不是玩的!我事情已经做到这一步,不能后退了;你自个儿想办法对付罢。”

那坏东西跨上马,踢了两下,一忽儿便在黑影里不见了。

我对我的向导大不高兴,心中也有点儿不安。想了一会,我打定了主意,回进屋子。唐·若瑟还睡着,大概他餐风宿露,辛苦了几日,此时正在补偿他的疲乏和瞌睡。我只得用力把他推醒。他那凶狠的目光和扑上短铳的动作,我永远忘不了;幸而我早防他一着,先拿他的武器放在离床较远的地方。

我说:“先生,很抱歉把你叫醒;可是我有句傻话要问你:倘若来了五六个枪骑兵,你心里是不是乐意?”

他一跃而起,厉声喝问:“这话是谁告诉你的?”

“只要消息准确,别管从哪儿来的。”

“一定是你的向导把我出卖了;哼,我不会饶了他的。他在哪儿?”

“不知道……大概在马房里吧……可是另外有人告诉我……”

“谁? ……总不会是老婆子吧? ……”

“是一个我不认识的人……闲话少说,只问你愿不愿意看到大兵来;如果不愿意,那么别耽误时间;不然的话,我向你告罪,打搅了你的好梦。”

"啊,你那向导!你那向导!我早就防着了……可是……我不会便宜他的!……再见了,先生。你帮我的忙,但愿上帝报答你。我不完全像你所想的那么坏……是的,还有些地方值得侠义君子的哀怜呢……再会了,先生……我只抱憾一件事,就是不能报你的大恩。"

"唐·若瑟,希望你别猜疑人,别想到报复,那就等于报答我了。这儿还有几支雪茄给你路上抽;祝你一路平安!"

说罢,我向他伸出手去。

他一声不出握了握我的手,拿起他的短铳和褡裢,和老婆子说了几句我不懂的土话,立刻奔往棚子。不多一忽儿,我已经听见他的马在田野里飞奔了。

我呢,我又躺在凳上,可是再也睡不着。我心上盘算:把一个土匪,也许还是个杀人犯,从吊台上救下来,单单因为我跟他一起吃过火腿吃过煨饭,是不是应当的。向导倒是站在法律方面,我不是把他出卖了吗?不是使他有受到恶徒报复的危险吗?但另一方面,朋友之间的义气又怎么办呢?……我承认那是野蛮人的偏见;这个土匪以后犯的罪,我都有责任……可是凭你多大理由都打消不了的这种良知良心,果真是偏见吗?在我当时所处的尴尬局面中,也许不论怎么办良心都不会平安的。我对于自己的行为是否合乎道理的问题，还在左思右想、委决不下的时候，忽然出现了五六名骑兵和安东尼奥，他可是小心翼翼的躲在大兵后面。我迎上前去，告诉他们土匪已经逃走了不止两小时。老婆子被班长讯问之下，回答说她认识拿伐罗，但是单身住在乡下，不敢冒了性命的危险把他告发。她又说，他每次到这儿来，照例半夜就动身。至于我这方面，得走上好几里地，拿护照交给区里的法官查验，具了一个结，然后他们允许我继续作考古的采访。安东尼奥对我心怀怨恨，疑心我拦掉了他二百杜加的财源。但回到高杜，我们还是客客气气的分手了；我尽我的财力重重地给了他一笔犒赏。

二

我在高杜耽留了几天。有人指点我，多明各会修院①的图书馆藏有一部手稿，可能供给我关于古孟达城的宝贵的材料。仁厚的教士们把我招待得非常殷勤；白天我待在修道院中，傍晚到城里去

① 多明各会为基督教中的一支派，与芳济会、本多会、耶稣会等并为重要宗派，于十三世纪时由圣·多明各创立，因以为名。

闲逛。太阳下山的时候，高杜很多闲人挤在高达奎弗河[1]的右岸。那儿有一股浓烈的皮革味，因为当地制革的历史很悠久，至今享有盛名；同时你还可欣赏一个别有风味的景致。晚钟没响起以前几分钟，就有一大批妇女麇集在河边，站在很高的堤岸之下。那队伍可没有一个男人敢混进去的。只要晚祷的钟声一响，大家便认为天黑了。钟敲到最后一下，所有的女人都脱了衣服下水。于是一片叫喊声，嬉笑声，闹得震天价响。堤岸高头，男人们欣赏这些浴女，把眼睛睁得挺大，可惜看不见什么。但那些模糊的白影映在深蓝的河水上，使一般有诗意的人见了悠然神往；你只要略微用点想象力，就可把她们当作狄阿纳与水神们的入浴，还不用怕自己遇到阿克泰翁的厄运[2]——有人告诉我，有一天几个轻薄无赖凑了钱，向大寺司钟的人行贿，教他把晚钟的时间提早二十分。虽然天色还很亮，高达奎弗河的浴女却毫不迟疑，对晚祷的钟声比对太阳更信任，泰然自若地换了浴装，那装束一向是最简单的。那一回我没有在场。我在高杜的时代，司钟的并不贪污；暮色朦胧，只有猫眼

---

① 高达奎弗河为西班牙南部大河，自东北至西南，中游经高杜城，下游经塞维尔而入地中海。

② 据希腊神话，森林女神狄阿纳方在水中沐浴，被猎人阿克泰翁撞见，狄阿纳一恼之下，将猎人变而为鹿，使其被自己的猎犬啮死。

才分得出最老的卖橘子女人和高杜城中最漂亮的女工。

一天傍晚，日光已没，什么都看不见了，我正靠着堤岸的栏杆抽着烟，忽然河边的水桥上走上一个女的，过来坐在我旁边：头上插着一大球素馨花，夜晚特别发出一股醉人的香味。她穿扮很朴素，也许还相当寒酸，像大多数女工一样浑身都是黑衣服。因为大家闺秀只有白天穿黑，晚上一律是法国打扮的。我那个浴女一边走近来，一边让面纱卸落在肩头上①；我在朦胧的星光底下看出她矮小，年轻，身腰很好，眼睛很大。我立刻把雪茄扔掉。这个纯粹法国式的礼貌，她领会到了，赶紧声明她很喜欢闻烟味，遇到好纸现卷的烟叶，她还抽呢。碰巧我烟匣里有这种烟，马上拿几支敬她。她居然拿了一支，花一个小钱问路旁的孩子要个引火绳点上了。我跟美丽的浴女一块儿抽着烟，不觉谈了很久，堤岸上差不多只剩下我们两个人了。我觉得那时约她上饮冰室②饮冰也不能算冒昧。她略微谦让一下也就应允了，但先要知道什么时间。我按了按打簧表，她听着那声音大为惊奇。

---

① 西班牙女子所用的面纱，尺幅特别宽大，头脸肩膀都可裹入。

② 这是一种附有冰栈的咖啡馆，实际是藏的雪水。西班牙村子很少没有这种冰栈的。——原注

“你们外国人的玩意儿真新鲜！先生，您是哪一国人呢？一定是英国人罢①？”

“在下是法国人。您呢，小姐或是太太，大概是高杜本地人罢？”

“不是的。”

“至少您是安达鲁齐省里的。听您软声软气的口音就可以知道。”

“先生既然对各地的口音这么熟，一定能猜到我是哪儿人了。”

“我想您是耶稣国土的人，和天堂只差几步路。”

（这种说法是我的朋友，有名的斗牛士法朗西斯谷·塞维拉教给我的，意思是指安达鲁齐。）

“嗬！天堂！……这里的人说天堂不是为我们的。”

“那么难道您是摩尔人吗？……再不然……”我停住了，不敢说她是犹太人。

“得了罢，得了罢！您明明知道我是波希米人；要不要算个命？

① 在西班牙凡不带着卡里谷布或绸缎样品兜销的外国人，都被目为英国人；近东一带亦然。——原注

您可听人讲起过嘉尔曼西太吗？那便是我呀。”

十五年前我真是一个邪教徒，哪怕身边站着个妖婆，我也决不会骇而却走。当下心里想：“好罢，上星期才跟剪径的土匪一块儿吃过饭，今天不妨带一个魔鬼的门徒去饮冰。出门人什么都得瞧一下。”此外我还另有一个动机想和她结交。说来惭愧，我离开学校以后曾经浪费不少时间研究巫术，连呼召鬼神的玩意也试过几回。虽然这种癖早已戒掉，但我对一切迷信的事照旧感到兴趣；见识一下巫术在波希米人中发展到什么程度，对我简直是件天大的乐事。

说话之间，我们已经走进饮冰室，拣一张小桌子坐下，桌上摆着个玻璃球，里头点着一支蜡烛。那时我尽有时间打量我的奚太那[①]了；室内几位先生一边饮冰，一边看见我有这样的美人做伴，不禁露出错愕的神气。

我很疑心嘉尔曼小姐不是纯血统，至少她比我所看到的波希米女人不知要美丽多少倍。据西班牙人的说法，一个美女必须具备三十个条件，换句话说，她要能用到十个形容词，每个形容词要适用于身上三个部分。比如说，她要有三样黑的：眼睛，眼皮，眉毛；三样细致的：手指，嘴唇，头发。欲知详细，不妨参阅布兰多姆

① 波希米人在西班牙被称为奚太诺（女性为奚太那）。

的大作[1]。我那个波希米姑娘当然够不上这样完满的标准。她皮肤很匀净,但皮色和铜差不多;眼睛斜视,可是长得挺好挺大;嘴唇厚了一些,但曲线极美,一口牙比出壳的杏仁还要白。头发也许太粗,可是又长,又黑,又亮,像乌鸦的翅膀一般闪着蓝光。免得描写过于琐碎,惹读者厌烦,我可以总括一句:她身上每一个缺点都附带着一个优点,对照之下,优点变得格外显著。那是一种别具一格的,犷悍的美,她的脸使你一见之下不免惊异,可是永远忘不了。尤其是她的眼睛,带着又妖冶又凶悍的表情;从那时起我没见过一个人有这种眼神。波希米人的眼是狼眼,西班牙人的这句俗语表示他们观察很准确。倘若诸位没空上植物园去研究狼眼[2],不妨等府上的猫捕捉麻雀的时候观察一下猫眼。

当然,在咖啡馆里算命难免教人笑话。我要求美丽的女巫允许我上她家里去;她毫无难色,马上答应了,但还想知道一下钟点,要我把打簧表再打一次给她听。

---

① 布兰多姆(1540—1614)为法国贵族,生平游踪甚广,著有笔记多种。此处系指其所作的《名媛录》。该书第二卷《论专宠的秘诀》,详述西班牙美女之标准,所谓十个形容词,及每个形容词能适用于身上的部分,均历举无遗。

② 巴黎的植物园为兼带动物园性质之大公园。

她把表细瞧了一会,问:“这是真金的吗?”

我们重新出发的时候,天色已经全黑,大半铺子都已关门,差不多没有行人了。我们穿过高达奎弗大桥,到城关尽头的一所屋子前面停下。屋子外表绝对不像什么官邸。一个孩子出来开门,波希米姑娘和他讲了几句话,我一字不懂,后来才知道那叫做罗马尼或是岂泼·加里,就是波希米人的土话。孩子听了马上走开了,我们进入一间相当宽敞的屋子,中间放着一张小桌,两只圆凳,一口柜子,还有一瓶水,一堆橘子和一串洋葱。

孩子走后,波希米姑娘立即从柜子里拿出一副用得很旧的纸牌,一块磁石,一条干瘪的四脚蛇,和别的几件法器。她吩咐我左手握着一个钱划个十字,然后她作法了。她的种种预言在此不必细述,至于那副功架,显而易见她不是个半吊子的女巫。

可惜我们不久就受到打搅。突然之间,房门打开了,一个男人裹着件褐色大衣,只露出一双眼睛,走进屋子很不客气地对着波希米姑娘吆喝。我没听清他说些什么,但他的音调表示很生气。奚太那看他来了,既不惊奇,也不恼怒,只迎上前去,叽叽呱呱和他说了一大堆,用的仍是刚才对孩子说的那种神秘的土语。我所懂的只有她屡次提到的外江佬这个名词。我知道波希米人对一切异族的人都这样称呼的。想来总是谈着我罢。看情形,来客不免要和我找麻烦了，所以我已经抓着一只圆凳的脚，正在估量一个适当的时间把凳子向不速之客摔过去。他把波希米姑娘粗暴地推开了，向我走来，接着又退了一步，嚷道：

“啊！先生，原来是你！”

于是我也瞧着他，认出了我的朋友唐·若瑟。当下我真有些后悔前次没让他给抓去吊死。

“啊！老兄，原来是你！”我勉强笑着，可竭力不让他觉得我是强笑。“小姐正在告诉我许多未来之事，都挺有意思，可惜被你打断了。”

“老是这个脾气！早晚得治治她，看她改不改！”他咬咬牙齿，眼露凶光，直瞪着她。波希米姑娘继续用土话跟他说着，渐渐的生气了。她眼睛充血，变得非常可怕，脸上起了横肉，拼命的跺脚：那光景好像是逼她做一件事，而她三心二意，委决不下。究竟是什么事，我很明白，因为她一再拿她的小手在脖子里抹来抹去。我相信这意思是抹脖子，而且那多半是指我的脖子。

唐·若瑟对于这一大堆滔滔汩汩的话，只斩钉截铁的回答几个字。波希米姑娘不胜轻蔑地瞅了他一眼，走到屋子的一角盘膝而坐，捡了一个橘子，剥着吃起来了。

唐·若瑟抓着我的胳膊，开了门把我带到街上。我们一声不出，走了一二百步，然后他用手指着远处，说：

“一直往前，就是大桥了。”

说完他掉过背去很快地走了。我回到客店，有点狼狈，心绪相当恶劣。最糟的是，脱衣服的时候发觉我的表不见了。

种种的考虑使我不愿意第二天去要回我的表，也不想去请求当地的法官替我找回来。我把多明各会藏的手稿研究完了，动身上塞维尔。在安达鲁齐省内漫游了几个月，想回马德里，而高杜是必经之路。我没有意思再在那里久住，对这个美丽的城市和高达奎弗河的浴女已经觉得头疼了。但是有几个朋友要拜访，有几件别人委托的事要办，使我在这个伊斯兰教王的古都①中至少得逗留三四天。

我回到多明各会的修道院，一位对我考据古孟达遗址素来极感兴趣的神甫，立刻张着手臂嚷道：

“噢，谢谢上帝！好朋友，欢迎欢迎。我们都以为你不在人世了；我哪，就是现在跟你讲话的我，为超度你的灵魂，念了不知多少天父多少圣哉②，当然我也不后悔。这样说来，你居然没有被强盗

---

① 高杜（西班牙语称高杜伐）城为伊斯兰教王阿勃拉·埃尔·拉芒一世于787年建立，古迹极多，风景优美，为西班牙名城之一。当地所制皮革及金银器物均驰名国外。

② “天父”为旧教中的一种祈祷，首句均有拉丁语的天父一词。“圣哉”为祈祷圣母的祷文，首句有拉丁语的圣哉一词。

杀死！因为你被抢劫，我们是知道的了。”

“怎么呢？”我觉得有些奇怪。

“可不是吗，你那只精致的表，从前你在图书馆里工作，我们招呼你去听唱诗的时候，你常常按着机关报钟点的；那表现在给找到了，公家会发还给你的。”

“就是说，”我打断了他的话，有点儿窘了，“就是说我丢了的那只……”

“强盗现在给关在牢里，像他这种人，哪怕只为了抢一个小钱，也会对一个基督徒开枪的，因此我们很担心，怕他把你杀了。明儿我陪你去见法官领回那只美丽的表。这样，你回去可不能说西班牙的司法办的不行啦！”

我回答说：“老实告诉你，我宁可丢了我的表，不愿意到法官面前去作证，吊死一个穷光蛋，尤其因为……因为……”

“噢！你放心；他这是恶贯满盈了，人家不会把他吊两次的。我说吊死还说错了呢。你那土匪是个贵族，所以定在后天受绞刑①，决不赦

① 1830 年时，西班牙贵族尚享有此项特权。现在（译者按：此系指作者写作的年代，1845 年）改了立宪制度，平民也有受绞刑的权利了。——原注（译者按：此种绞刑是让死囚坐于凳上，后置一柱，上有铁箍，可套在死囚颈上，逐渐旋紧柱后螺丝。此种绞刑以西班牙为最盛行。）

免。你瞧,多一桩抢案少一桩抢案,根本对他不生关系。要是他只抢东西倒还得谢谢上帝呢!但他血案累累,都是一桩比一桩残酷。"

"他叫什么名字?"

"这儿大家叫他若瑟·拿伐罗,但他还有一个巴斯克名字,音别扭得厉害,你我都休想念得上来。真的,这个人值得一看;你既然喜欢本地风光,就该借此机会见识一下西班牙的坏蛋是怎样离开世界的。他如今在小教堂里,可以请玛蒂奈士神甫带你去。"

那位多明各会的修士一再劝我去瞧瞧"挺有意思的绞刑"是怎么安排的①,我倒不好意思推辞了。我就去访问监犯,带了一包雪茄,希望他原谅我的冒昧。

我被带到唐·若瑟那儿的时候,他正在吃饭,对我冷冷的点点头,很有礼貌的谢了我的礼物,把我递在他手里的雪茄数了数,挑出几支,其余的都还给我,说再多也没用了。

我问他,是不是花点儿钱,或者凭我几个朋友的情面,能把他的刑罚减轻一些。他先耸耸肩膀,苦笑一下;然后又改变主意,托我做一台弥撒超度他的灵魂。

---

① 西班牙惯例,死囚行刑之前均被送往教堂忏悔,所谓"安排"即指此项手续。

他又怯生生地说:“你肯不肯为一个得罪过你的人再做一台?”

“当然肯的,朋友;可是我想来想去,这里没有人得罪过我呀。”

他抓着我的手,态度很严肃地握着,静默了一会,又道:

“能不能请你再办一件事?……你回国的时候,说不定要经过拿伐省;无论如何,维多利亚是必经之路,那离拿伐也不太远了。”

我说:“是的,我一定得经过维多利亚;绕道上邦贝吕纳[①]去一趟也不是办不到的事;为了你,我很乐意多走这一程路。”

“好罢!倘若你上邦贝吕纳,可以看到不少你感到兴趣的东西……那是一个挺美丽的城……我把这个胸章交给你(他指着挂在脖子上的一枚小银胸章),请你用纸给包起来……”说到这儿他停了一忽儿,竭力压制感情,“……或是面交,或是托人转交给一位老婆婆,地址我等会告诉你——你只说我死了,别说怎么死的。”

我答应一切照办。第二天我又去看他,和他消磨了大半天。下面那些悲惨的事迹便是他亲口告诉我的。

---

① 邦贝吕纳为拿伐省的首府。

三

他说[1]:我生在巴兹丹盆地上埃里仲杜地方。我的姓名是唐·若瑟·李查拉朋谷阿。先生,你对西班牙的情形很熟,一听我的姓名就知道我是巴斯克人,世代都是基督徒[2]。姓上的唐字不是我僭称的[3];要是在埃里仲杜的话,我还能拿出羊皮纸的家谱给你瞧呢。家里人希望我进教会,送我上学,可我不用功。我太喜欢玩回力球了,一生倒霉就为这个。我们拿伐人一朝玩了回力球,便什么都忘了。有一天我赌赢了,一个阿拉伐省的人跟我寻事:双方动了玛基拉[4],我又赢了;但这一下我不得不离开家乡。路上遇到龙骑兵,我就投入阿尔芒查联队的骑兵营。我们山里人对当兵这一行学得很快。不久我就当上班长;正要升作排长的时候,我走了背运,被派在塞维尔烟厂当警卫。倘若你到塞维尔,准会瞧见那所大屋子,在

---

① 本章全部为唐·若瑟口述,但原文不用引号,兹亦因之。

② 欧洲大陆上的人所称的基督徒均指旧教徒。

③ 西班牙人姓氏上冠有唐字(或译作堂),乃贵族之标记。

④ 玛基拉为巴斯克人所用的一种铁棍。——原注

城墙外面，靠着高达奎弗河。烟厂的大门和大门旁边的警卫室，至今还在我眼前。西班牙兵上班的时候，不是玩纸牌就是睡觉；我却凭着规规矩矩的拿伐人脾气，老是不肯闲着。一天我正拿一根黄铜丝打着链子，预备拴我的枪铳针，冷不防弟兄们嚷起来，说："打钟啦，姑娘们快回来上工了。"你知道，先生，烟厂里的女工有四五百；她们在一间大厅上卷雪茄，那儿没有二十四道①的准许，任何男子不得擅入，因为天热的时候她们装束挺随便，特别是年纪轻的。女工们吃过中饭回厂的时节，不少青年男子特意来看她们走过，油嘴滑舌的跟她们打诨。宁绸面纱一类的礼物，很少姑娘会拒绝的；一般风流人物拿这个作饵，上钩的鱼只要弯下身子去捡就是了。大家伙儿都在那里张望，我始终坐在大门口的凳上。那时我还年轻，老是想家乡，满以为不穿蓝裙子，辫子不挂在肩上的②，决不会有好看的姑娘。况且安达鲁齐的女孩子教我害怕；我还没习惯她们那一套：嘴里老是刻薄人，没有一句正经话。当时我低着头只管打链子，忽然听见一些闲人叫起来：呦！奚太那来了。我抬起眼睛，一瞧就瞧见了她。我永远记得很清楚，那天是星期五。我瞧见

① 二十四道为西班牙城市的警察局长兼行政长官。——原注

② 此乃拿伐及巴斯克各省乡下女子的装束。——原注

了那个你认识的嘉尔曼，几个月以前我就是在她那儿遇到你的。

她穿着一条很短的红裙，教人看到一双白丝袜，上面的破洞不止一个，还有一双挺可爱的红皮鞋，系着火红的缎带。她撩开着面纱，为的要露出她的肩膀和拴在衬衣上的一球皂角花。嘴角上另外又衔着一朵皂角花。她向前走着，把腰扭来扭去，活像高杜养马场里的小牝马。在我家乡，见到一个这等装束的女人，大家都要划十字的。在塞维尔，她的模样却博得每个人对她说几句风情话；她有一句答一句，做着媚眼，拳头插在腰里，那种淫荡无耻不愧为真正的波希米姑娘。我先是不喜欢她，便重新作我的活儿；可是她呀，像所有的女人和猫一样，叫她们来不来，不叫她们来偏来，竟在我面前站住了，跟我说话了：

“大哥，”她用安达鲁齐人的口语称呼我，“你的链子能不能送我，让我拿去系柜子上的钥匙呢？”

“我要挂我的枪铳针的。”我回答。

“你的枪铳针！”她笑起来了。“啊，你老人家原来是做挑绣的，要不然怎么会用到别针呢①？”

在场的人都跟着笑了，我红着脸，一个字都答不上来。

---

① 枪铳针与别针，在原文中只差结尾三个字母，故能用作双关的戏谑语。

她接着又道:“好吧,我的心肝,替我挑七尺镂空黑纱,让我做条面纱罢,亲爱的卖别针的!”

然后她拿嘴角上的花用大拇指那么一弹,恰好弹中我的鼻梁。告诉你,先生,那对我好比飞来一颗子弹……我简直无地自容,一动不动的愣住了,像木头一样。她已经走进工厂,我才瞧见那朵皂角花掉在地下,正好在我两脚之间;不知怎么心血来潮,我竟趁着弟兄们不注意的当口把花捡了起来,当作宝贝一般放在上衣袋里。这是我做的第一桩傻事!

过了二三小时,我还想着那件事,不料一个看门的气喘吁吁,面无人色的奔到警卫室来。他报告说卷雪茄的大厅里,一个女人被杀死了,得赶快派警卫进去。排长吩咐我带着两个弟兄去瞧瞧。我带了两个人上楼了。谁知一进大厅,先看到三百个光穿衬衣的,或是和光穿衬衣相差无几的女人,又是叫,又是喊,指手画脚,一片声响,闹得连上帝打雷都听不见。一边地下躺着个女的,手脚朝天,浑身是血,脸上给人用刀扎了两下,划了个斜十字,几个心肠最好的女工在那里忙着救护。在受伤的对面,我看见嘉尔曼被五六个同事抓着。受伤的女人嚷着:“找忏悔师来呀!找忏悔师来呀!我要死啦!”嘉尔曼一声不出,咬着牙齿,眼睛像四脚蛇一般骨碌碌的打转。我问了声:“什么事啊?”但一时也摸不着头脑,因为所有的女工都跟我同时讲话。据说那受伤的女人夸口，自称袋里的钱足够在维里阿那集上买匹驴子。多嘴的嘉尔曼取笑她："喝！你有了一把扫帚还不够吗[①]？"对方听着恼了，或许觉得这样东西犯了她的心病，回答说她对扫帚是外行，因为没资格做波希米女人或是撒旦的干女儿；可是嘉尔曼西太小姐只要陪着法官大人出去散步，后面跟着两名当差赶苍蝇的时候，不久就会跟她的驴子相熟了。嘉尔曼说："好吧，让我先把你的脸掘个水槽给苍蝇喝水[②]，我还想在上面画个棋盘呢。"说时迟，那时快，嘉尔曼拿起切雪茄烟的刀在对方脸上画了个X形的十字。

案情很明白；我抓着嘉尔曼的胳膊，客客气气的说："姊妹，得跟我走了。"她瞅了我一眼，仿佛认出是我，接着装出听天由命的神气，说："好，走吧，我的面纱在哪儿？"

她把面纱没头没脑的包起来，一双大眼睛只露出一只在外面，跟着我两个弟兄走了，和顺得像绵羊。到了警卫室，排长认为案情重大，得送往监狱。押送的差事又派到我身上。我教她走在中间，一边一个

① 相传扫帚为女巫作法用具之一，可当马骑。

② 苍蝇喝水的槽是一句成语，指又宽又长的伤口。因上文提到苍蝇，故嘉尔曼用此双关语。

龙骑兵,我自己照班长押送监犯的规矩,跟在后面。我们开始进城了,波希米姑娘先是不做声;等到走进蛇街——你大概认得那条街吧,那么多的拐弯真是名副其实——到了蛇街,她把面纱卸在肩膀上,特意让我看到那个迷人的脸蛋,尽量的扭过头来,和我说:

“长官,您带我上哪儿去呢?”

“上监狱去,可怜的孩子。”我尽量用柔和的口气回答;一个好军人对待囚犯,尤其是女犯,理当如此。

“哎哟!那我不是完了吗?长官大人,您发发慈悲罢。您这样年轻,这样和气!……”然后她又放低着声音说道:“让我逃走罢,我给您一块巴尔·拉岂,可以教所有的女人都爱您。”

巴尔·拉岂的意思是磁石,据波希米人的说法,有秘诀的人可以用来作出许多妖术:比如磨成细粉,和入一杯白葡萄酒给女人喝了,她就不会不爱你。我却是尽量拿出一本正经的态度回答:

“这儿不是说废话的地方;我们要送你进监狱,这是上头的命令,无法可想的。”

我们巴斯克人的乡音非常特别,一听就知道跟西班牙人的不同;另一方面,像巴伊·姚那[1]这句话,也没有一个西班牙人

---

① 巴伊·姚那为巴斯克语,意思是“是的,先生”。——原注

说得清。所以嘉尔曼很容易猜到我是外省人。先生，你知道波希米人没有家乡，到处流浪，各地的方言都能讲；不论在葡萄牙，在法兰西，在外省，在加塔罗尼亚，他们到处为家；便是跟摩尔人和英国人，他们也能交谈。嘉尔曼的巴斯克语讲得不坏。她忽然跟我说：

"拉居那·埃纳·皮霍察雷那（我的意中人），你跟我是同乡吗？"

先生，我们的语言真是太好听了，在外乡一听到本土的话，我们就会浑身打战……

（说到这里，唐·若瑟轻轻的插了一句："我希望有个外省的忏悔师。"停了一会，他又往下说了。）

我听她讲着我本乡的话，不由得大为感动，便用巴斯克语回答说："我是埃里仲杜人。"

她说："我是埃查拉人——（那地方离开我本乡只有四个钟点的路程。）——被波希米人骗到塞维尔来的。我在烟厂里做工，想挣点儿钱回拿伐，回到我可怜的母亲身边，她除了我别无依靠，只有一个小小的巴拉察①，种着二十棵酿酒用的苹果树。啊！要是能够在家乡，

① 巴拉察为巴斯克语，意思是园子。——原注

站在积雪的山峰底下，那可多好！今天人家糟蹋我，因为我不是本地人，跟这些流氓，骗子，卖烂橘子的小贩不是同乡；那般流氓婆齐了心跟我作对，因为我告诉她们，哪怕她们塞维尔所有的牛大王一齐拿着刀站出来，也吓不倒我们乡下一个头戴蓝帽，手拿玛基拉的汉子。好伙计，好朋友，你不能对个同乡女子帮点儿忙吗？”

先生，这完全是她扯谎，她老是扯谎的。我不知这小娘儿一辈子有没有说过一句真话；可是只要她一开口，我就相信她，那简直不由我做主。她说的巴斯克语声音是走腔的，我却相信她是拿伐人。光是她的眼睛，再加她的嘴巴，她的皮色，就说明她是波希米人。我却是昏了头，什么都没注意。我心里想，倘若西班牙人敢说我本乡的坏话，我也会划破他们的脸，像她对付她的同伴一样。总而言之，我好像喝醉了酒，开始说傻话了，也预备做傻事了。

她又用巴斯克语和我说：“老乡，要是我推你，要是你倒下了，那两个加斯蒂人休想抓得住我……”

真的，我把命令忘了，把一切都忘了，对她说：

“那么，朋友，你就试一试罢，但愿山上的圣母保佑你！”

我们正走过一条很窄的巷子，那在塞维尔是很多的。嘉尔曼猛地掉过身来，把我当胸一拳。我故意仰天翻倒。她一纵就纵过了我的身子，开始飞奔，教我们只看到她两条腿！……俗语说巴斯克的腿是形容一个人跑得快；她那两条腿的确比谁都不输……不但跑得快，还长得好看。我呀，我立刻站起身子，但是把长枪①横着，挡了路，把弟兄们先给耽搁了一会；然后我往前跑子，他们跟在我后面；可是穿着马靴，挂着腰刀，拿着长枪，不用想追上她！还不到我跟你说这几句话的时间，那女犯早已没有了踪影。街坊上的妇女还帮助她逃，有心指东说西，跟我们开玩笑。一忽儿往前，一忽儿往后，白跑了好几趟，我们只得回到警卫室，没拿到典狱长的回单。

两个弟兄为了免受处分，说嘉尔曼和我讲过巴斯克语；而且那么一个娇小的女孩子一拳就把我这样一个大汉打倒，老实说也不近情理。这种种都很可疑，或者是太明显了。下了班，我被革掉班长，判了一个月监禁。这是我入伍以后第一次受到惩戒。早先以为唾手可得的排长的金线就这样的吹了。

进监的头几天，我心里非常难过；当初投军的时候，想至少能当个军官。同乡龙迦，米那，都是将军了；夏巴朗迦拉，像米那一样是个黑人，也像他一样亡命到你们贵国去的，居然当了上校；他的兄弟跟我同样是个穷小子，我和他玩过不知多少次回力球呢。那

① 西班牙的骑兵均持长枪。——原注

时我对自己说:过去在队伍里没受处分的时间都是白费的了。现在你的纪录有了污点;要重新得到长官的青眼,必须比你以壮丁资格入伍的时候多用十倍的苦功!而我的受罚又是为的什么?为了一个取笑你的波希米小贼娘!此刻也许就在城里偷东西呢。可是我不由得要想她。她逃的时候让我看得清清楚楚的那双七穿八洞的丝袜——先生,你想得到吗?——竟老在我眼前。我从牢房的铁栅中向街上张望,的确没有一个过路女人比得上这鬼婆娘。同时我还不知不觉闻到她扔给我的皂角花,虽然干瘪了,香味始终不散……倘若世界上真有什么妖婆的话,她准是其中的一个!

有一天,狱卒进来递给我一块阿加拉面包[①],说道:

"这是你的表妹给捎来的。"

我接了面包,非常纳闷,因为我没什么表妹在塞维尔。我瞧着面包想道:也许弄错了吧;可是面包那么香,那么开胃,我也顾不得是哪儿来的,送给谁的,决意拿来吃了。不料一切下去,刀子碰到一点儿硬东西。原来是一片小小的英国锉刀,在面包没烘烤的时候放在面粉里的。另外还有一枚值两块钱的金洋。那毫无疑问是

① 阿加拉为塞维尔城外七八里的小镇,所制小面包特别可口,每日均有大批运至城中发卖。——原注

嘉尔曼送的了。对于她那个种族的人,自由比什么都宝贵,为了少坐一天牢,他们会把整个城市都放火烧了的。那婆娘也真聪明,一块面包就把狱卒骗过去了。要不了一小时,最粗的铁栅也能用这把锉刀锯断;拿了这块金洋,随便找个卖旧衣服的,就能把身上的军装换一套便服。你不难想象在山崖上掏惯老鹰窠的人,决不怕从至少有三丈高的楼窗口跳到街上;可是我不愿意逃。我还顾到军人的荣誉,觉得开小差是弥天大罪。但我心里对那番念旧的情意很感动。在监牢里,想到外边有人关切你总是很高兴的。那块金洋使我有点气恼,恨不得还掉;但哪儿去找我的债主呢?这倒不大容易。

经过了革职的仪式以后,我自忖不会再受什么羞辱的了;谁知还有一件委屈的事要我吞下去。出了监狱重新上班,我被派去和小兵一样的站岗。你真想不到,对于一个有血性的男子,这一关是多么难受。我觉得还是被枪毙的好。至少你一个人走在前面,一排兵跟在你后面,大家争着瞧你,你觉得自己是个人物。

我被派在上校门外站岗。他是个有钱的年轻人,脾气挺好,喜欢玩儿。所有年轻的军官都上他家里去,还有许多老百姓,也有女的,据说是女戏子。对于我,那好比全城的人都约齐了到他门口来瞧我。呕！上校的车子来了，赶车的旁边坐着他的贴身当差。你道下来的是谁？……就是那奚太那。这一回她装扮得像供奉圣徒骨殖的神龛一般，花花绿绿，妖冶无比，从上到下都是披绸戴金的。一件缀着亮片的长袍，蓝皮鞋上也缀着亮片，全身都是金银铺绣的滚边和鲜花。她手里拿着个拨浪鼓儿。同来的有两个波希米女人，一老一少。照例还有个带头的老婆子，和一个老头儿，也是波希米人，专弄乐器，替她们的跳舞当伴奏的。你知道，有钱人家往往招波希米人去，要她们跳罗马里，这是她们的一种舞蹈，还教她们搞别的玩意儿。

嘉尔曼把我认出来了。我们的眼睛碰在了一起，我恨不得钻下地去。

她说："阿居·拉居那①；长官，你居然跟小兵一样站岗吗？"

我来不及找一句话回答，她已经进了屋子。

所有的人都在院子里；虽然人多，我隔着铁栅门②差不多把一切都看在眼里。我听见鼓声，响板声，笑声，喝彩声；她擎着

① 巴斯克语："伙计，你好。"——原注

② 塞维尔多数屋子皆有院子，四面围着游廊。夏天大家都待在院中。院子顶上张着布幔，日间浇水，晚上撤去。屋子大门终日洞开，大门与院子之间有一道刻花甚精的铁栅门，则是严扃的。——原注

拨浪鼓儿往上纵的时候，我偶尔还能瞧见她的头。我又听见军官们和她说了不少使我脸红的话。她回答什么，我不知道。我想我真正地爱上她大概是从那天起的；因为有三四回，我一念之间很想闯进院子，拔出腰刀，把那些调戏她的小白脸全部开肠破肚。我受罪受了大半个时辰；然后一群波希米人出来了，仍旧由车子送回。嘉尔曼走过我身边，用那双你熟悉的眼睛瞅着我，声音很轻的说：

"老乡，你要吃上好炸鱼，可以到德里阿那①去找里拉·巴斯蒂阿。"

说完，她身子轻得像小山羊似的钻进车子，赶车的把骡子加上一鞭，就把全班卖艺的人马送到不知哪儿去了。

不消说，我一下班就赶到德里阿那；事先我剃了胡子，刷了衣服，像阅兵的日子一样。她果然在里拉·巴斯蒂阿的铺子里。他专卖炸鱼，也是波希米人，皮肤像摩尔人一般的黑；上他那儿吃炸鱼的人很多，大概特别从嘉尔曼在店里歇脚之后。

她一见我就说："里拉，今儿我不干啦。明儿的事明儿

① 德里阿那为塞维尔附近的小镇，为当地的波希米人麇集之处。

管[1]！——老乡，咱们出去遛遛罢。”

她把面纱遮着脸；我们到了街上，我却是糊里糊涂的不知上哪儿。

“小姐，”我对她说，“我该谢谢你送到监狱来的礼物。面包，我吃了；锉刀，我可以磨枪头，也可以留作纪念；可是钱哪，请你收回罢。”

“呦！他居然留着钱不花，”她大声笑了。“可是也好，我手头老是很紧；管它！狗只要会跑就不会饿死[2]。来，咱们把钱吃光算了。你好好请我一顿罢。”

我们回头进城。到了蛇街的街口上，她买了一打橘子，教我用手帕包着。再走几步，她又买了一块面包，一些香肠，一瓶玛查尼拉酒；最后走进一家糖果店，把我还她的金洋，和从她口袋里掏出来的另外一块金洋和几个银角子，一齐摔在柜台上，又要我把身上的钱统统拿出来。我只有一个角子和几个小钱，如数给了她，觉得只有这么一点儿非常难为情。她好像要把整个铺子都买下来，尽挑最好最贵的东西，什么甜蛋黄，杏仁糖，

---

① 西班牙成语。——原注

② 波希米成语。——原注

蜜饯果子,直到钱花完为止。这些都给装在纸袋里,归我拿着。你大概认得刚第雷育街罢,街上有个唐·班特罗王的胸像①,那倒值得我仔细想一想呢。在这条街上,我们在一所屋子前面停下。她走进过道,敲了底层的门。开门的是个波希米女人,十足地道的撒旦的侍女。嘉尔曼用波希米语和她说了几句。老婆子先咕噜了一阵。嘉尔曼为了安慰她,给她两个橘子,一把糖果,又教她尝了尝酒;然后替她披上斗篷,送到门口,拿根木闩把门拴了。等到只剩我们两人的时候,她就像疯子一般的又是跳舞,又是笑,嘴里唱着:

"你是我的罗姆,我是你的罗米②。"

我站在屋中央,捧着一大堆食物不知放哪里好。她把一切摔在地下,跳上我的脖子,和我说:

---

① 相传唐·班特罗王(译者按:系十四世纪时葡萄牙王,称比埃尔一世)素喜在塞维尔城内微服夜游。某夜在街上与人争风,拔剑相斗,将对方刺死。其时仅有一老妇,闻击剑声持小灯开窗出视,此小灯即名刚第雷育。班特罗王身体畸形,故为老妇所认。翌日,大臣奏晚间有人决斗,酿成命案。王问凶手已否发现。臣答曰:"然。"王又问何不法治。臣称:"谨待王命。"王曰:"执法毋徇。"大臣乃将城内王之雕像锯下首级,置于肇事街上。今塞维尔尚有刚第雷育街,街上仍有一石像,人皆谓为唐·班特罗王之胸像,但此系近时所雕。因旧像于十七世纪时已极剥落,故市政当局易以新塑。——原注

② 罗姆为丈夫,罗米为妻子,均波希米语。——原注

“我还我的债，我还我的债！这才是加莱①的规矩！”

啊！先生，那一天啊！那一天啊！……我一想到那一天，就忘了还有什么明天。

（唐·若瑟静默了一会，重新点上雪茄，又往下说了。）

我们一块儿待了一天，又是吃，又是喝，还有别的。等到她像五六岁的孩子一般吃饱了糖，便抓了几把放在老婆子的水壶里，说是“替她做冰糖酒”；又把甜蛋黄扔在墙上，摔得稀烂，说是“免得苍蝇跟我们麻烦……”总之，所有刁钻古怪的玩意儿都做到家了。我说很想看她跳舞，可是哪里去找响板呢？她听了马上把老婆子独一无二的盘子砸破了，打着珐琅碎片跳起罗马里来，跟打着紫檀或象牙的响板一般无二。和她在一起决不会厌烦，那我可以保险的。天晚了，我听见召集归营的鼓声，便说：

“我得回营去应卯了。”

“回营去吗？”她一脸瞧不起人的样子，“难道你是个黑奴，给人牵着鼻子走的吗？简直是只金丝雀，衣服也是的，脾气也是的②。

① 波希米人自称为加莱（男女性多数），男的为加罗，女的为加里，意义是“黑”。——原注

② 西班牙的龙骑兵制服是黄色的，故以金丝雀作譬。——原注

去吧去吧，你胆子跟小鸡一样。”

我便留下了，心里发了狠预备回去受罚。第二天早上，倒是她先提分手的话。

“听着，若瑟多，我可是报答你了？照我们的规矩，我再也不欠你什么，因为你是个外江佬；但你是个漂亮小伙子，我喜欢你。咱们这是两讫了。再会吧。”

我问她什么时候能跟她再见。

她笑着回答：“等到你不这么傻的时候。”然后她又用略微正经一些的口吻，说：“你知道吗，小子？我有点儿爱你了。可是不会长久的。狗跟狼做伴，决没多少太平日子，倘若你肯做埃及人①，也许我会做你的罗米。但这些全是废话，办不到的。哎，相信我一句话，你运气不坏。你碰到了魔鬼——要知道魔鬼不一定是难看的——他可没把你勒死。我身上披着羊毛，可不是绵羊。快快到你的圣母面前去点支蜡烛吧；她应该受这点儿孝敬。再见了。别再想嘉尔曼西太，要不然她会教你娶个木腿寡妇②的。”

这么说着，她卸下门闩，到了街上，拿面纱一裹，掉转身子

---

① 波希米人常自称为埃及人。

② 木腿寡妇是指处决死犯的吊台。——原注

就走。

她说得不错。我要从此不想她就聪明啦;可是从刚第雷育街相会了一场以后,我心里就没第二个念头:成天在街上溜达,希望能遇上她。我向那老婆子和卖炸鱼的打听。两人都回答说她上红土国去了,那是他们称呼葡萄牙的别名。大概是嘉尔曼吩咐他们这么说的,因为不久我就发觉他们是扯谎。在刚第雷育街那天以后几星期,我正在某一个城门口站岗。离城门不远,城墙开了一个缺口;日中有工人在那里做活,晚上放个步哨防走私的。白天我先看见里拉·巴斯蒂阿在岗亭四周来回了几次,和好几个弟兄说话;大家都跟他相熟,跟他的炸鱼和炸面块更其熟。他走近来问我有没有嘉尔曼的消息。

我回答说:“没有。”

“那么,老弟,你不久就会有了。”

他说的倒是实话。夜里,我被派在缺口处站岗。班长刚睡觉,立刻有个女人向我走来。我心里知道是嘉尔曼,嘴里仍旧喊着:

“站开去!不准通行!”

“别吓唬人好不好?”她走上来让我认出了。

“怎么!是你吗,嘉尔曼?”

“是的,老乡。少废话,谈正经。你要不要挣一块银洋?等会有人带了私货打这里过，你可别拦他们。"

"不行，我不能让他们过。这是命令。"

"命令！命令！那天在刚第雷育街，你可没想到命令啊。"

"啊！"我一听提到那件事，心里就糊涂了。"为了那个，忘记命令也是划得来的。可是我不愿意收私贩子的钱。"

"好吧，你不愿意收钱，可愿意再上陶洛丹老婆子那里吃饭？"

"不！我不能够。"我拼命压制自己，差点儿透不过气来。

"好极了。你这样刁难，我不找你啦。我会约你的长官上陶洛丹家。他神气倒是个好说话的，我要他换上一个睁一只眼闭一只眼的哨兵。再会了，金丝雀。等到有朝一日那命令变了把你吊死的命令，我才乐呢。"

我心一软，把她叫回来，说只要能得到我所要的报酬，哪怕要我放过整个的波希姆①也行。她赌咒说第二天就履行条件，接着便跑去通知她那些等在近旁的朋友。一共是五个人，巴斯蒂阿也在内，全背着英国私货。嘉尔曼替他们望风：看到巡夜的队伍，就用响板为号，通知他们；但那夜不必她费心。走私的一眨眼就把事情办完了。

---

① 此处所谓波希姆非中欧的地理名称，而系波希米民族之总称。

第二天我上刚第雷育街。嘉尔曼让我等了好久，来的时候也很不高兴。

“我不喜欢推三阻四的人，”她说。“第一回你帮了我更大的忙，根本不知道有没有报酬。昨天你跟我讨价还价。我不懂自己今天怎么还会来的，我已经不喜欢你了。给你一块银洋做酬劳，你替我走罢。”

我几乎把钱扔在她头上，我拼命压着自己，才没有动手打她。我们吵架吵了一个钟点，我气极了，走了：在城里遛了一会，东冲西撞，像疯子一般；最后进了教堂，跪在最黑的一角大哭起来。忽然听见一个声音说着：

“喝！龙①的眼泪倒好给我拿去做媚药呢。”

我举目一望，原来是嘉尔曼站在我面前。

她说：“喂，老乡，还恨我吗？不管心里怎么样，我真是爱上你了。你一走，我就觉得六神无主。得了吧，现在是我来问你愿不愿意上刚第雷育街去了。”

于是我们讲和了；可是嘉尔曼的脾气像我们乡下的天气。在我们山里，好好儿的大太阳，会忽然来一场阵雨。她约我再上一次

---

① 唐·若瑟为龙骑兵，而龙骑兵在原文中只用一个“龙”字称呼。

陶洛丹家，临时却没有来。陶洛丹老是说她为了埃及的事上红土国去了。

凭着过去的经验，我明白这话是什么意思，便到处找嘉尔曼，凡是她可能去的地方都去了，尤其是刚第雷育街，一天要去好几回。我不时请陶洛丹喝杯茴香酒，差不多把她收服了。一天晚上我正在那儿，嘉尔曼进来了，带着一个年轻的男人，就是我们部队里的排长。

“快走罢。”她和我用巴斯克语说。

我愣住了，憋着一肚子的怒火。

排长吆喝道：“你在这儿干嘛？滚，滚出去！”

我却是一步都动不得，仿佛犯了麻痹症。军官大怒，看我不走，连便帽也没脱，便揪着我的衣领狠狠地把我摇了几摇。我不知道说了些什么。他拔出剑来，我的刀也出了鞘，老婆子抓住我的胳膊，我脑门上便中了一剑，至今还留着疤。我退后一步，摆了摆手臂，把陶洛丹仰面朝天摔在地下；军官追上来，我就把刀尖戳进他的身子，他合扑在我刀上倒下了。嘉尔曼立刻吹熄了灯，用波希米话教陶洛丹快溜。我自己也窜到街上，拔步飞奔，不知往哪儿去，只觉得背后老是有人跟着。后来定了定神，才发觉嘉尔曼始终没离开我。她说：

“呆鸟！你只会闯祸。我早告诉过你要叫你倒霉的。可是放心，跟一个罗马的法兰德女人①交了朋友，一切都有办法。先拿这手帕把你的头包起来，把皮带扔掉，在这个巷子里等着，我马上就来。”

说完她不见了，一忽儿回来，不知从哪儿弄了件条子花的头篷，教我脱下制服，把斗篷套在衬衣上。经过这番化装，再加包扎额上伤口的手帕，我活像一个华朗省的乡下人，到塞维尔来卖九法②甜露的。她带我到一条小街的尽里头，走进一所屋子，模样跟早先陶洛丹住的差不多。她和另外一个波希米女人替我洗了伤口，裹扎得比军医官还高明，又给我喝了不知什么东西；最后我被放在一条褥子上，睡着了。

我喝的大概是她们秘制的一种麻醉药，因为第二天我很晚才醒，但头痛欲裂，还有点发烧，半晌方始记起上一天那件可怕的事。嘉尔曼和她的女朋友替我换了绷带，一齐屈着腿坐在我褥子旁边，

---

① 此处的罗马并非那个不朽的城市；波希米人称夫妇为罗马（译者按：此与他们称丈夫妻子的字同出一源，同时即以罗马一字自称其民族。西班牙的波希米人，最早大概来自荷兰一带，故又自称为法兰德人）。——原注

② 九法是一种球根类植物的根须，可制饮料。——原注

用她们的土话谈了几句，好像是讨论病情。然后两人告诉我，伤口不久就会痊愈，但得离开塞维尔，越早越好；倘若我被抓去，就得当场枪毙。

“小伙子，你得找点儿事干啦，”嘉尔曼对我说，“如今米饭和鳕鱼[1]，王上都不供给了，得自个儿谋生啦。你太笨了，做贼是不行的。但你身手矫捷，力气很大；倘若有胆量，可以到海边去走私。我不是说过让你吊死吗？那总比枪毙强。弄得好，日子过得跟王爷一样，只要不落在民兵和海防队手里。”

这鬼婆娘用这种怂恿的话指出了我的前途；犯了死罪，我的确只有这条路可走了。不用说，她没费多大事儿就把我说服了。我觉得这种冒险和反抗的生活，可以使我跟她的关系更加密切，她对我的爱情也可以从此专一。我常听人说，有些私贩子跨着骏马，手握短铳，背后坐着情妇，在安达鲁齐省内往来驰骋。我已经在脑子里看到，自己挟着美丽的波希米姑娘登山越岭的情景。她听着我的话笑弯了腰，说最有意思的就是搭营露宿的夜晚，每个罗姆拥着他的罗米，进入用三个箍儿一个帐幔支起来的小篷帐。

我说：“一朝到了山里，我就对你放心了！不会再有什么排长

---

① 米饭与鳕鱼均为西班牙士兵的日常粮食。——原注

来跟我争了。”

“啊，你还吃醋呢！真是活该。你怎么这样傻呀？你没看出我爱你吗，我从来没向你要过钱。”

听她这么一说，我真想把她勒死。

闲话少说，言归正传。嘉尔曼找了一套便服来，我穿了溜出塞维尔，没有被发觉。带着巴斯蒂阿的介绍信，我上吉莱市去找一个卖茴香的商人，那是走私贩的聚会的地方。我和他们相见了，其中的首领绰号叫做唐加儿，让我进了帮子。我们动身去谷尚，跟早先和我约好的嘉尔曼会合。逢到大家出去干事的时节，嘉尔曼总替我们当探子；而她在这方面的本领的确谁也比不上。她从直布罗陀回来，和一个船长讲妥了装一批英国货到某处海滩上交卸。我们都上埃斯德波那附近去等。货到之后，一部分藏在山中，一部分运往龙达。嘉尔曼比我们先去，进城的时间又是她通知的。这第一次和以后几次的买卖都很顺利。我觉得走私的生活比当兵的生活有意思得多；我常常送点东西给嘉尔曼。钱也有了，情妇也有了。我心里没有什么悔恨。正像波希米俗语说的，一个人花天酒地的时候，生了疥疮也不会痒的。我们到处受到好款待，弟兄们对我很好，甚至还表示敬意。因为我杀过人，而伙伴之中不是每个人都有这等亏心事的。但我更得意的是常常能看到嘉尔曼。她对我的感情也从来没有这么热烈;可是在同伴面前,她不承认是我的情妇,还要我赌神罚咒不跟他们提到她的事。我见了这女人就毫无主意,不论她怎么使性,我都依她。并且这是她第一遭在我面前表示懂得廉耻,像个正经女人;我太老实了,竟以为她把往日的脾气真的改过来了。

我们一帮总共是八个到十个人,只在紧要关头才聚在一起,平日总是两个一组,三个一队,散开在城里或村里。表面上我们每人都有行业:有的是做锅子的,有的是贩马的;我卖针线杂货;但为了那件塞维尔的案子,难得在大地方露面。有一天,其实是夜里了,大家约好在凡日山下相会。唐加儿和我二人先到。他似乎很高兴,对我说:

“咱们要有个新伙计加入了。嘉尔曼这一回大显身手,把关在泰里法陆军监狱的她的罗姆给释放了。”

所有的弟兄们都会讲波希米土话,那时我也懂得一些了;罗姆这个字使我听了浑身一震。

“怎么,她的丈夫!难道她嫁过人吗?”我问我们的首领。

“是的,嫁的是独眼龙迦奇阿,跟她一样狡猾的波希米人。可怜的家伙判了苦役。嘉尔曼把陆军监狱的医生弄得神魂颠倒,居然把她的罗姆恢复自由。啊!这小娘儿真了不起。她花了两年功夫想救他出来,没有成功。最近医官换了人,她马上得手了。”

你不难想象我听了这消息以后的心情。不久我就见到独眼龙迦奇阿,那真是波希姆出的最坏的坏种:皮肤黑,良心更黑,我一辈子也没遇到这样狠毒的流氓。嘉尔曼陪着他一块儿来,一边当着我叫他罗姆,一边趁他掉过头去的时候对我眨眼睛,扯鬼脸。我气坏了,一晚没和她说话。第二天早上,大家运着私货出发,不料半路上有十来个骑兵跟踪而来。那些只会吹牛,嘴里老是说不怕杀人放火的安达鲁齐人,马上哭丧着脸纷纷逃命,只有唐加儿,迦奇阿,嘉尔曼,和一个叫做雷蒙达杜的漂亮小伙子没有着慌。其余的都丢下骡子,跳入追兵的马过不去的土沟里。我们没法保全牲口,只能抢着把货扛在肩上,翻着最险陡的山坡逃命。我们把货包先往底下丢,再蹲着身子滑下去。那时,敌人却躲在一边向我们开枪了;这是我第一遭听见枪弹飕飕地飞过,倒也不觉得什么。可是有个女人在眼前,不怕死也不算稀奇。终于我们脱险了,除掉可怜的雷蒙达杜;他腰里中了一枪,我扔下包裹,想把他抱起来。

“傻瓜!”迦奇阿对我嚷着,“背个死尸干什么?把他结果了罢,别丢了咱们的线袜。”

“丢下他算了!”嘉尔曼也跟着嚷。

我累得要死,不得不躲在岩石底下把雷蒙达杜放下来歇一歇。

迦奇阿过来拿短统朝着他的头连放十二枪,把他的脸打得稀烂,瞧着说:"哼,现在谁还有本领把他认出来吗?"

你瞧,先生,这便是我过的美妙的生活。晚上我们在一个小树林中歇下,筋疲力尽,没有东西吃,骡子都已丢完,当然是一无所有了。可是你猜猜那恶魔似的迦奇阿干些什么?他从袋里掏出一副纸牌,凑着他们生的一堆火,和唐加儿俩玩起牌来。我躺在地下,望着星,想着雷蒙达杜,觉得自己还是像他一样的好。嘉尔曼蹲在我旁边,不时打起一阵响板,哼哼唱唱。后来她挪过身子,像要凑着我耳朵说话似的,不由分说亲了我两三回。

"你是个魔鬼。"我和她说。

"是的。"她回答。

休息了几小时,她到谷尚去了;第二天早上,有个牧童给我们送了些面包来。我们在那儿待了一天,夜里偷偷地走近谷尚,等嘉尔曼的消息。可是一点消息都没有。天亮的时候,路上有个骡夫赶着两匹骡,上面坐着一个衣着体面的女人,撑着阳伞,带着个小姑娘,好像是她的侍女。迦奇阿和我们说:

"圣·尼古拉①给我们送两个女人两匹骡子来了。最好是不

① 盗贼均奉圣·尼古拉为祖师。

要女人，全是骡子；可是也罢，让我去拦下来！”

他拿了短铳，掩在杂树林中望小路走下去。我和唐加儿跟着他，只隔着几步。等到行人走近了，我们一齐跳出去，嚷着要赶骡的停下来。我们当时的装束大可以把人吓一跳，不料那女的倒反哈哈大笑。

“啊！这些傻瓜竟把我当作大家闺秀了！”

原来是嘉尔曼；她装化得太好了，倘若讲了另一种方言，我简直认不出来。她跳下骡子，跟唐加儿和迦奇阿咕哝了一会，然后对我说：

“金丝雀，在你没上吊台以前，咱们还会见面的。我为埃及的事要上直布罗陀去了，不久就会带信给你们。”

她临走指点我们一个地方，可以躲藏几天。这姑娘真是我们的救星。不久教人送来一笔钱，还带来一个比钱更有价值的消息，就是某一天有两个英国爵爷从格勒拿特到直布罗陀去，要经过某一条路。俗语说得好：只要有耳朵，包你有生路。两个英国人有的是金基尼①。迦奇阿要把他们杀死。我跟唐加儿两人反对。结果只拿了他们的钱和表，和我们最缺少的衬衣。

先生，一个人的堕落是不知不觉的。你为一个美丽的姑娘着

---

① 基尼为英国货币，值一镑一先令，今已废止。

了迷，打了架，闯了祸，不得不逃到山里去，而连想都来不及想，已经从走私的变成土匪了。自从犯了那两个英国人的案子以后，我们觉得待在直布罗陀附近不大妥当，便躲入龙达山脉——先生，你和我提的若瑟—玛丽亚，我便是在那儿认识的。他出门老带着他的情妇。那女孩子非常漂亮，人也安分，朴素，举动文雅，从来没一句下流话，而且忠心到极点！……他呀，他可把她折磨得厉害，平时对女人见一个追一个；还要虐待她，喜欢吃醋。有一回他把她扎了一刀。谁知她反倒更爱他。唉，女人就是这种脾气，尤其是安达鲁齐的女人。她对自己胳膊上的伤疤很得意，当作宝物一般给大家看。除此以外，若瑟—玛丽亚还是一个最没义气的人，决不能跟他打交道！……我们一同做过一桩买卖，结果他偷天换日，把好处一个人独吞，我们只落得许多麻烦和倒霉事儿。好了，我不再扯开去了。那时我们得不到嘉尔曼的消息，唐加儿说：

"咱们之中应当有一个上直布罗陀走一遭；她一定筹划好什么买卖了。我很愿意去，可是直布罗陀认识我的人太多了。"

独眼龙说："我也是的，大家都认得我；我跟龙虾[①]开了那么多

---

① 西班牙人把英国兵叫做龙虾，因为他们制服的颜色与龙虾相似。（译者按：直布罗陀为英属，故驻有英国军队。）——原注

玩笑，再加我是独眼，不容易化装。”

我说：“那么应当是我去了。该怎么办呢？”一想到能再见嘉尔曼，我心里就高兴。

他们和我说：“或是搭船去，或是走陆路经过圣·洛克去，都随你。到了直布罗陀，你在码头上打听一个卖巧克力的女人，叫做拉·洛洛那；找到她，就能知道那边的情形了。”

大家决定先同到谷尚山中，我把他们留在那边，自己扮作卖水果的上直布罗陀。到了龙达，我们的一个同党给我一张护照；在谷尚，人家又给我一匹驴：我载上橘子和甜瓜，上路了。到了直布罗陀，我发觉跟拉·洛洛那相熟的人很多，但她要不是死了，就是进了监牢；据我看，她的失踪便是我们跟嘉尔曼失去联络的原因。我把驴子寄在一个马房里，自己背着橘子上街，表面上是叫卖，其实是为碰运气，看能不能遇到什么熟人。直布罗陀是世界各国的流氓汇集之处，而且简直是座巴别塔①，走十步路能听到十种语言。我看到不少埃及人，但不敢相信他们；我试探他们，他们也试探我：

---

① 据《旧约·创世记》，巴别塔是诺亚预备登天而造的塔。上帝怒其狂妄，使造塔的工人讲种种不同的语言，彼此无法了解，造塔工程因即无法继续。

明知道彼此都是一路货,可弄不清是否同一个帮子。白跑了两天,关于拉·洛洛那和嘉尔曼的消息一点没打听出来,我办了些货,预备回到两个伙伴那里去了;不料傍晚走在一条街上,忽然听见窗口有个女人的声音喊着:"喂,卖橘子的!……"我抬起头来,看见嘉尔曼把肘子靠在一个阳台上,旁边有个穿红制服,戴金肩章,烫头发的军官,一副爵爷气派。她也穿得非常华丽:又是披肩,又是金梳子,浑身都是绸衣服;而且那婆娘始终是老脾气,吱吱格格在那里大笑。英国人好不费事的说着西班牙文叫我上去,说太太要买橘子;嘉尔曼又用巴斯克语和我说:

"上来罢,别大惊小怪!"

的确,她花样太多了,什么都不足为奇。我这次遇到她,说不上心中是悲是喜。大门口站着一个高大的英国当差,头上扑着粉①,把我带进一间富丽堂皇的客厅。嘉尔曼立刻用巴斯克语吩咐我:

"你得装作一句西班牙文都不懂,也不认识我。"

然后她转身对英国人说:

---

① 十九世纪很多人还戴假发,假发上再扑粉;要有某种颜色的头发,就扑某种颜色的粉。

“我不是早告诉你吗,我一眼就认出他是巴斯克人;你可以听听他们说的话多古怪。他模样长得多蠢,是不是?好像一只猫在食柜里偷东西,被人撞见了。”

“哼,你呢,”我用我的土话回答,“你神气完全是个小淫妇儿;我恨不得当着你这个姘夫教你脸上挂个彩才好呢。”

“我的姘夫!你真聪明,居然猜到了!你还跟这傻瓜吃醋吗?自从刚第雷育街那一晚以后,你变得更蠢了。你这笨东西,难道没看出我正在做埃及买卖,而且做得挺好吗?这屋子是我的,龙虾的基尼不久也是我的;我要他东,他不敢说西;我要把他带到一个永远回不来的地方去。”

“倘若你还用这种手段做埃及买卖,我有办法教你不敢再来。”

“哎唷!你是我的罗姆吗,敢来命令我?独眼龙觉得我这样办很好,跟你有什么相干?你做了我独一无二的小心肝,还不满足吗?”

英国人问:“他说些什么呀?”

嘉尔曼回答:“他说口渴得慌,很想喝一杯。”

她说罢,倒在双人沙发上对着这种翻译哈哈大笑。

告诉你,先生,这婆娘一笑之下,谁都会昏了头的。大家都跟着她笑了。那个高大颟顸的英国人也笑了,教人拿酒给我。

我正喝着酒，嘉尔曼说：

“他手上那个戒指，看见没有？你要的话，我将来给你。”

我回答：“戒指！去你的罢！嘿，要我牺牲一只手指也愿意，倘若能把你的爵爷抓到山里去，彼此拿着玛基拉比一比。”

“玛基拉，什么叫做玛基拉？”英国人问。

“玛基拉就是橘子，”嘉尔曼老是笑个不停。“把橘子叫做玛基拉，不是好笑吗？他说想请你吃玛基拉。”

“是吗？”英国人说。“那么明天再拿些玛基拉来。”

说话之间，仆人来请吃晚饭了。英国人站起来，给我一块钱，拿胳膊让嘉尔曼搀着，好像她自个儿不会走路似的。嘉尔曼还在那里笑着，和我说：

“朋友，我不能请你吃饭；可是明儿一听见阅兵的鼓声，你就带着橘子上这儿来。你可以找到一间卧房，比刚第雷育街的体面一些。那时你才知道我还是不是你的嘉尔曼西太。并且咱们也得谈谈埃及的买卖。”

我一言不答，已经走到街上了，英国人还对我嚷着：“明天再拿玛基拉来！”我又听见嘉尔曼哈哈大笑。

我出了门，决不定怎么办，晚上没睡着，第二天早上我对这奸细婆娘恨死了，决意不再找她，径自离开直布罗陀；可是鼓声一响，我就泄了气，背了橘子篓直奔嘉尔曼的屋子。她的百叶窗半开着，我看见她那大黑眼睛在后面张望。头上扑粉的当差立刻带我进去；嘉尔曼打发他上街办事去了。等到只剩下我们两人，她就像鳄鱼般张着嘴大笑一阵，跳上我的脖子。我从来没看见她这样的美，装扮得像圣母似的，异香扑鼻……家具上都披着绫罗绸缎，挂着绣花幔子……啊！……而我却是个土匪打扮。

嘉尔曼说："我的心肝，我真想把这屋子打个稀烂，放火烧了，逃到山里去。"

然后是百般温存！……又是狂笑！……又是跳舞！她撕破衣衫的褶裥，栽觔斗，扯鬼脸，那种淘气的玩意连猴子也及不上。过了一会，她又正经起来，说道：

"你听着，我告诉你埃及的买卖。我要他陪我上龙达，那儿我有个修道的姊姊……（说到这儿又是一阵狂笑。）我们要经过一个地方，以后再通知你是哪儿。到时你们上来把他抢个精光！最好是送他归天，可是——（她狞笑着补上一句，某些时候她就有这种笑容，教谁见了都不想跟着她一起笑的。）——你知道该怎么办吗？让独眼龙先出马，你们退后一些；龙虾很勇敢，本领高强，手枪又是挺好的……你明白没有？……"

她停下来纵声大笑，我听了毛骨悚然。

“不行，”我回答说；“我虽然讨厌迦奇阿，我们可是伙计。也许有一天我会替你把他打发掉，可是要用我家乡的办法。我当埃及人是偶然的；对有些事，我像俗语说的始终是个拿伐的好汉。”

她说：“你是个蠢货，是个傻瓜，真正的外江佬。你像那矮子一样，把口水唾远了些，就自以为是长人①。你不爱我。你去罢。”

她跟我说：你去罢；我可是不能去。我答应动身，回到伙伴那儿等英国人。她那方面也答应装病，直病到离开直布罗陀到龙达去的时候。我在直布罗陀又待了两天。她竟大着胆子，化了装到小客店来看我。我走了，心里也拿定了主意。我回到大家约会的地方，已经知道英国人和嘉尔曼什么时候打哪儿过。唐加儿和迦奇阿等着我。我们在一个林子里过夜，拿松实生了一堆火，烧得很旺。我向迦奇阿提议赌钱。他答应了。玩到第二局，我说他作弊；他只是嘻嘻哈哈地笑。我把牌扔在他脸上。他想拿他的短铳，被我一脚踏住了，说道：“人家说你的刀法跟玛拉迦最狠的牛大王一样厉害，要不要跟我比一比？”唐加儿上来劝解。我把迦奇阿捶了几拳。他一气之下，居然胆子壮了，拔出刀来；我也拔出刀来。我们俩都叫唐加儿站开，让我们公平交易，见个高低。唐加儿眼见没法阻拦，便闪开

---

① 此系波希米的俗谚。——原注

了。迦奇阿弓着身子,像猫儿预备扑上耗子一般。他左手拿着帽子挡锋,把刀子扬在前面。这是他们安达鲁齐的架势。我可使出拿伐的步法,笔直站在他对面,左臂高举,左腿向前,刀子靠着右面的大腿。我觉得自己比巨人还勇猛。他像箭一般直扑过来;我把左腿一转,他扑了个空,我的刀却已经戳进他的咽喉,而且戳得那么深,我的手竟到了他的下巴底下。我把刀一旋,不料用力太猛,刀子断了。他马上完了。一道像胳膊般粗的血往外直冒,把断掉的刀尖给冲了出来。迦奇阿像一根柱子似的,直僵僵的扑倒在地下。

"你这是干什么呀?"唐加儿问我。

"老实告诉你,我跟他势不两立。我爱嘉尔曼,不愿意她有第二个男人。再说,迦奇阿不是个东西,他对付可怜的雷蒙达杜的手段,我至今记着。现在只剩咱们两个了,咱们都是男子汉大丈夫。你说,愿不愿意跟我结个生死之交?"

唐加儿向我伸出手来。他已经是个五十岁的人了。

"男女私情太没意思了,"他说。"我要向他明讨,他只要一块钱就肯把嘉尔曼卖了。如今我们只有两个人了,明儿怎么办呢?"

"让我一个人对付吧。现在我天不怕地不怕了。"

埋了迦奇阿,我们移到二百步以外的地方去过宿。第二天,嘉尔曼和英国人带着两个骡夫一个当差来了。我跟唐加儿说:

“把英国人交给我。别的几个归你,他们都不带武器。”

英国人倒是个有种的。要不是嘉尔曼把他的胳膊推了一下,他会把我打死的。总而言之,那天我把嘉尔曼夺回了,第一句话就是告诉她已经做了寡妇。她知道了详细情形,说道:

“你是个呆鸟,一辈子都改不了。照理你是要被迦奇阿杀死的。你的拿伐架势只是胡闹,比你本领高强的人,送在他手下的多着呢。这一回是他死日到了。早晚得轮到你的。”

我回答说:“倘若你不规规矩矩做我的罗米,也要轮到你的。”

“好罢;我几次三番在咖啡渣里看到预兆,我跟你是要一块儿死的。管它!听天由命罢。”

她打起一阵响板;这是她的习惯,表示想忘掉什么不愉快的念头。

一个人提到自己,不知不觉话就多了。这些琐碎事儿一定使你起腻了罢,可是我马上就讲完了。我们那种生活过得相当长久。唐加儿和我又找了几个走私的弟兄合伙;有时,不瞒你说,也在大路上抢劫,但总得到了无可奈何的关头才干一下。并且我们不伤害旅客,只拿他们的钱。有几个月工夫,我对嘉尔曼很满意,她继续替我们出力,把好买卖给我们通风报信。她有时在玛拉迦,有时在高杜,有时在格勒拿特;可是只要我捎个信去,她就丢下一切,到乡村客店,甚至也到露宿的帐篷里来跟我相会。只有一次,在玛拉迦,我有点儿不放心。我知道她勾上了一个大富商,预备再来一次直布罗陀的把戏。不管唐加儿怎么苦劝,我竟大清白日闯进玛拉迦,把嘉尔曼找着了,立刻带回来。我们为此大吵了一架。

"你知道吗?"她说,"自从你正式做了我的罗姆以后,我就不像你做我情人的时候那么喜欢你了。我不愿意人家跟我麻烦,尤其是命令我。我要自由,爱怎么就怎么。别逼人太甚。你要是惹我厌了,我会找一个体面男人,拿你对付独眼龙的办法对付你。"

唐加儿把我们劝和了;可是彼此已经说了些话,记在心上,不能再跟从前一样了。没有多久,我们倒了楣,受到军队包围。唐加儿和两位弟兄被打死,另外两个被抓去。我受了重伤,要不是我的马好,早落在军队手里了。当时我累得要命,身上带着一颗子弹,去躲在树林里,身边只剩下一个独一无二的弟兄。一下马,我就晕了,自以为就要死在草堆里,像一只中了枪的野兔一样。那弟兄把我抱到一个我们常去的山洞里,然后去找嘉尔曼。她正在格勒拿特,马上赶了来。半个月之内,她目不交睫,片刻不离的陪着我。没有一个女人能及得上她看护的尽心和周到,哪怕是对一个最心爱的男人。等到我能站起来了,她极秘密的把我带进格勒拿特。波希米人到哪儿都有藏身之处;我在一所屋子里躲了六个星期,跟通缉我的法官的家只隔两间门面。好几次,我掩在护窗后面看见他走过。后来我把身子养好了。躺在床上受罪的时期,我千思百想,转了好多念头,打算改变生活。我告诉嘉尔曼,说我们可以离开西班牙,上新大陆去安安分分过日子。她听了只是笑我:

"我们这等人不是种菜的料,天生是靠外江佬过活的。告诉你,我已经和直布罗陀的拿打·彭·约瑟夫接洽好一桩买卖。他有批棉织品,只等你去运进来。他知道你还活着,一心一意的倚仗着你。你要是失信,对咱们直布罗陀的联络员怎么交代呢?"

我被她说动了,继续干那不清不白的营生。

我躲在格勒拿特的时节,城里有斗牛会,嘉尔曼去看了。回来她说了许多话,提到一个挺有本领的斗牛士,叫做吕加。他的马叫什么名字,绣花的上衣值多少钱,她全知道。我先没留意。过了几天,我那唯一的老伙计耶尼多,对我说看见嘉尔曼和吕加一同在查加打一家铺子里。我这才急起来,问嘉尔曼怎么认识那斗牛士的,为什么认识的。

她说:"这小伙子,咱们可以打他的主意。只要河里有声音,不是有水,便是有石子①。他在斗牛场中挣了一千二百块钱。两个办

① 此系波希米的俗谚。——原注

法随你挑:或是拿他的钱,或是招他入伙。他骑马的功夫很好,胆子又很大。咱们的弟兄这个死了,那个死了,反正得添人,你就邀他入伙罢。"

我回答说:"我既不要他的钱,也不要他的人,还不准你和他来往。"

"小心点儿,"她说,"人家要干涉我做什么事,我马上就作!"

幸亏斗牛士上玛拉迦去了,我这方面也着手准备把犹太人的棉织品运进来。这件事使我忙得不可开交,嘉尔曼也是的;我把吕加忘了,或许她也忘了,至少是暂时。先生,我第一次在蒙底拉附近,第二次在高杜城里和你相遇,便是在那一段时间。最后一次的会面不必再提,也许你知道的比我更多。嘉尔曼偷了你的表,还想要你的钱,尤其你手上戴的那个戒指,据说是件神妙的宝物,对她的巫术极有用处。我们为此大闹一场,我打了她,她脸色发青,哭了。这是我第一次看见她哭,不由得大为震动。我向她道歉,但她整天怄气,我动身回蒙底拉,她也不愿意和我拥抱。我心中非常难受;不料三天以后,她来找我了,有说有笑,像梅花雀一样的快活。过去的事都忘了,我们好比一对才结合了两天的情人。分别的时候,她说:

"我要到高杜去赶节;哪些人是带了钱走的,我会通知你。"

我让她动身了。剩下我一个人的时候，我把那个节会，和嘉尔曼突然之间那么高兴的事，细细想了想。我对自己说，她先来迁就我，一定是对我出过气了。一个乡下人告诉我，高杜城里有斗牛。我听了浑身的血都涌起来，像疯子一般出发了，赶到场子里。有人把吕加指给我看了；同时在第一排凳上，也看到了嘉尔曼。一瞥之下，我就知道事情不虚。吕加不出我所料，遇到第一条牛就大献殷勤，把绸结子[①]摘下来递给嘉尔曼，嘉尔曼立刻戴在头上。可是那条牛替我报了仇。吕加连人带马被它当胸一撞，翻倒在地下，还被它在身上踏过。我瞧着嘉尔曼，她已经不在座位上了。我被人挤着，脱身不得，只能等到比赛完场。然后我到你认得的那所屋子里，整个黄昏和大半夜工夫，我都静静地等着。凌晨两点左右，嘉尔曼回来了，看到我觉得有些奇怪。

我对她说："跟我走。"

"好，走吧！"

我牵了马，叫她坐在马后；大家走了半夜，没有一句话。天亮的时候，我们到一个孤零零的小客店中歇下，附近有个神甫静修的

---

① 绸结子的颜色是每头牛出身的畜牧场的标记，结子用钩子勾在牛皮上。斗牛士从活牛身上摘下此结献给妇女，是表示极大的爱慕。——原注

小教堂。到了那里,我和她说:

“你听着,过去的一切都算了,我什么话都不跟你提;可是你得赌个咒:跟我上美洲去,在那边安分守己的过日子。”

“不,”她声音很不高兴,“我不愿意去美洲。我在这儿觉得很好。”

“那是因为你可以接近吕加的缘故;可是仔细想一想罢,即使他医好了,也活不了多久。并且干嘛你要我跟他生是非呢?把你的情人一个一个的杀下去,我也厌了;要杀也只杀你了。”

她用那种野性十足的目光直瞪着我,说道:

“我老是想到你会杀我的。第一次见到你之前,我在自己门口遇到一个教士。昨天夜里从高杜出来,你没看到吗?一头野兔从路旁蹿出来,正好在你马脚中间穿过。这是命中注定的了。”

“嘉尔曼西太,你不爱我了吗?”

她不回答,交叉着腿坐在一张席上,拿手指在地下乱划。

“嘉尔曼,咱们换一种生活罢,”我用着哀求的口吻,“住到一个咱们永远不会分离的地方去。你知道,离此不远,在一株橡树底下,咱们埋着一百二十盎司的黄金……犹太人彭·约瑟夫那儿,咱们还有存款。”

她笑了笑回答:“先是我,再是你。我知道一定是这么回事。”

“你想想罢,”我接着说,“我的耐性,我的勇气,都快完了;你打个主意罢,要不然我就决定我的了。”

我离开她,走到小教堂那边,看见隐修的教士作着祈祷。我等他祈祷完毕,心里也很想祈祷,可是不能。看他站了起来,我走过去和他说:

“神甫,能不能请您替一个命在顷刻的人作个祈祷?”

“我是替一切受难的人祈祷的。”他回答。

“有个灵魂也许快要回到造物主那里去了,您能为它做一台弥撒吗?”

“好罢。”他把眼睛直瞪着我。

因为我的神气有点异样,他想逗我说话。

“我好像见过你的。”他说。

我放了一块银洋在他凳上。

“弥撒什么时候开始呢?”

“再等半个钟点。那边小客店老板的儿子要来帮我上祭。年轻人,你是不是良心上有什么不安?愿不愿意听一个基督徒的劝告?”

我觉得自己快哭出来了,告诉他等会儿再来,说完赶紧溜了。我走去躺在草地上,直到听见钟声响了才走近去,可是没进小教堂。弥撒完了,我回到客店,希望嘉尔曼已经逃了;她满可以骑着我的马溜掉的……但她没有走。她不愿意给人说她怕我。我不在的时候,她拆开衣衫的贴边,拿出里头的铅块;那时正坐在一张桌子前面,瞅着一个水钵里的铅块,那是她才溶化了丢下去的。她聚精会神的作着她的妖法,一时竟没发觉我回来。一忽儿她愁容满面的拿一块铅翻来翻去,一忽儿唱一支神秘的歌,呼召唐·班特罗王的情妇,玛丽·巴第拉,据说那是波希米族的女王①。

"嘉尔曼,"我和她说,"能不能跟我来?"

她站起来把她的水钵扔了,披上面纱,预备走了。店里的人把我的马牵来,她仍旧坐在马后,我们出发了。

走了一程,我说:"嘉尔曼,那么你愿意跟我一块儿走了,是不是?"

"跟你一块儿死,是的;可是不能再跟你一块儿活下去。"

我们正走到一个荒僻的山峡,我勒住了马。

"是这儿吗?"她一边问一边把身子一纵,下了地。她拿掉面

---

① 相传玛丽·巴第拉以妖术蛊惑唐·班特罗王,把一根金带献给王后,王见后身上缠有毒蛇,从此即深恶后而专宠玛丽·巴第拉。

纱，摔在脚下，一只手叉在腰里，一动不动，定着眼直瞪着我。

她说："我明明看出你要杀我；这是我命该如此，可是你不能叫我让步。"

我说："我这是求你；你心里放明白些。你听我的话呀！过去种种都甭提啦。可是你知道，是你把我断送了的；为了你，我当了土匪，杀了人。嘉尔曼！我的嘉尔曼！让我把你救出来罢，把我自己和你一起救出来罢。"

她回答："若瑟，你的要求，我办不到。我已经不爱你了；你，你还爱着我，所以要杀我。我还能对你扯谎，哄你一下；可是我不愿意费事了。咱们之间一切都完了。你是我的罗姆，有权杀死你的罗米；可是嘉尔曼永远是自由的。她生来是加里，死了也是加里。"

"那么你是爱吕加了？"我问她。

"是的，我爱过他，像对你一样爱过一阵，也许还不及爱你的情分。现在我谁都不爱了，我因为爱过了你，还恨自己呢。"

我扑在她脚下，拿着她的手，把眼泪都掉在她手上。我跟她提到我们一起消磨的美妙的时间。我答应为了讨她喜欢，仍旧当土匪当下去。先生，我把一切，一切都牺牲了，但求她仍旧爱我！

她回答说:“仍旧爱你吗?办不到。我不愿意跟你一起生活了。”

我气疯了,拔出刀来,巴不得她害了怕,向我讨饶,可是这女人简直是个魔鬼。

我嚷道:“最后再问你一次,愿不愿意跟我走?”

“不!不!不!”她一边说一边跺脚。

她从手上脱下我送给她的戒指,往草里扔了。

我戳了她两刀。那是独眼龙的刀子,我自己的一把早已断了。在第二刀上,她一声不出倒了下去。那双直瞪着我的大眼睛,至今在我眼前;一忽儿她眼神模糊了,闭上了眼。我在尸首前面失魂落魄,呆了大半天。然后我想起来,嘉尔曼常常说喜欢死后葬在一个树林里。我便用刀挖了一个坑,把她放下。我把她的戒指找了好久,终于找到了,放在坑里,靠近着她,又插上一个小小的十字架。也许这是不应该的。然后我上了马,直奔高杜,遇到第一个警卫站就自首了。我承认杀了嘉尔曼,可不愿意说出尸身在哪儿。隐修的教士真是一个圣者。他居然替她祷告了,为她的灵魂做了一台弥撒……可怜的孩子!把她教养成这样,都是加莱的罪过。

四[①]

这个散布在全欧洲的流浪民族，或是称为波希米，或是称为奚太诺，或是称为吉卜赛，或是称为齐格耐[②]，或是叫做别的名字，至今还是在西班牙为数最多，他们大半都住在，更准确的说是流浪于南部东部各省，例如安达鲁齐，哀斯德拉玛杜，缪西；加塔罗尼亚省内也有很多[③]——这方面的波希米人往往流入法国境内。我们南方各地的市集上都有他们的踪迹。男人的职业不是贩马，便是替骡子剪毛，或是当兽医；别的行业是修补锅炉铜器，当然也有作走私和其他不正当的事的。女人的营生是算命，要饭，卖各种有害或无害的药品。

波希米人体格的特点，辨认比描写容易；你看到了一个，就能

---

① 《嘉尔曼》第一次发表于1845年10月1日出版的《两球杂志》，全文至第三章为止。此第四章乃作者于1847年印单行本时加入。

② 齐格耐是德国人称呼波希米人的名字，吉卜赛是英国人称呼波希米人的名字。

③ 哀斯德拉玛杜省位于西班牙西部偏南，与葡萄牙接壤；缪西省在西南部的地中海滨；加塔罗尼亚省在北部，与法国接壤。

从一千个人中认出一个与他同种的人。跟住在一地的异族相比，他们的不同之处是在相貌与表情方面。皮色黑沉沉的，老是比当地的土著深一点。因为这个缘故，他们往往自称为加莱（黑人）[①]。眼睛的斜视很显著，但长得很大很美，眼珠很黑，上面盖着一簇又浓又长的睫毛。他们的目光大可比之于野兽的目光，大胆与畏缩兼而有之；在这一点上，他们的眼睛把他们的民族性表现得相当准确：狡猾，放肆，同时又天生的怕挨打，像巴汝奇[②]一样。男人多半身段很好，矫捷，轻灵；我记得从来没遇到一个身体臃肿的。德国的波希米女人好看的居多；但西班牙的奚太那极少有俊俏的。年轻的时候，她们虽然丑，还讨人喜欢；但一朝生了孩子就不可向迩了。不论男女，都是出人意料的肮脏，谁要没亲眼见过一个中年妇女的头发，决计想象不出是怎么回事，纵使你用最粗硬、最油腻、灰土最多的马鬃来比拟，也还差得很远。在安达鲁齐省内某几个大城市里，略有姿色的姑娘们对身上的清洁比较注意一些。这般女孩子靠跳舞挣钱，跳的舞很像我们在狂欢节的公共舞会中禁止的

---

① 德国的波希米人虽很了解加莱一词的意义，但不喜欢人家这样称呼他们。——原注

② 巴汝奇为法国十六世纪作家拉伯雷《巨人传》中的人物，机智、狡猾，富于冒险精神。

那一种。英国传教士鲍罗先生,受了圣经会的资助向西班牙境内的波希米人传教,写过两部饶有兴味的著作;他说奚太那决不委身于一个异族的男人,绝无例外。我觉得他赞美她们贞操的话是过分的。第一,大半的波希米女人都像奥维特书中的丑婆娘:俏姑娘,你们及时行乐罢。贞洁的女人决没有人请教①。长得好看的也和所有的西班牙女子一样,挑选情人的条件很苛:既要讨她们喜欢,又要配得上她们。鲍罗先生举一个实例证明她们的贞操,其实倒是证明他自己的贞操,或者更准确的说,是证明他的天真。他说,他认识一个浪子,送了好几盎司黄金给一个奚太那,结果一无所得。我把这故事讲给一个安达鲁齐人听,他说这个浪子倘若拿出两三块银洋,倒还有得手的希望;把几盎司的黄金送给一个波希米女人,其无用正如对一个乡村客店的姑娘许上一二百万的愿——虽然如此,奚太那对丈夫的赤胆忠心却是千真万确的。为了救丈夫的患难,她们能受尽辛苦,历尽艰难。他们对自己民族的称呼之一,罗梅,原意是夫妇,足以说明他们对婚姻关系的重视。以一般而论,他们最主要的优点是乡情特别重,我的意思是指他们

---

① 见奥维特(公元前一世纪时的拉丁诗人)所著《论爱情》第一卷《哀歌》第七首;上引二语系作者假托鸨母所说。

对同族的人的忠实，患难相助的热心，和作奸犯科的时候严守秘密的义气。但在一切不法的秘密社团中都有类似的情形。

几个月以前，我在伏越山中[①]参观一个定居在那里的波希米部落。在一个女族长的小屋子里，住着一个非亲非故，得了不治之症的波希米人。他原来住在医院里受到很好的看护，但特意出来死在同乡人中间。他在那儿躺了十三个星期。主人把他招待得比同住一屋的儿子女婿还要好。他睡的是一张用干草与藓苔铺得很舒服的床，被褥相当干净；家里别的人，一共有十三个，却是睡的木板，每块板只有三尺长。这是他们待客的情谊。但那个如此仁厚的女人竟当着病人和我说："快了，快了，他要死了。"归根结蒂，这些人的生活太苦了，死亡的预告对他们并不可怕。

波希米人的另一特点是对宗教问题毫不关心；并非因为他们是强者或是怀疑派。他们从来不标榜什么无神论。反之，他们所在地的宗教便是他们的宗教，换一个国家就换一种宗教。在文化落后的民族，迷信往往代替宗教情绪，但对波希米人也毫不相干。利用别人的轻信过日子的人，怎么自己还会迷信呢？可是我注意到西班牙的波希米人最怕接触尸首。他们很少肯为了钱而帮丧家

① 伏越山脉在法国东部偏北，介于德、法两国之间。

把死人抬往坟墓的。

我说过波希米女人会算命。她们在这方面的确很有本领;但最主要的收入还是卖媚药。她们不担抓着蛤蟆的脚,替你羁縻朝三暮四的男人的心,或是用磁石的粉末使不爱你的人爱你;必要时还会用法术请魔鬼来帮忙。去年一个西班牙女人告诉我下面一个故事:有一天她在阿加拉街上走,心事重重,非常悲伤;一个蹲在阶沿上的波希米女人招呼她说:“喂,美丽的太太,您的情人准是把您欺骗了。要不要我替您把他拉回来?”不消说,听的人欣然接受了;而且一眼之间猜到你心事的人,你怎么会对她不信任呢?在马德里最热闹的一条街上,当然不能兴妖作法;她们便约定了下一天。到时,奚太那说:“要把您那不老实的情人拉回来真是太容易了。他可送过您什么手帕,围巾,或是面纱吗?”人家给了她一块包头布,她就说:“现在您用暗红丝线在布的一角缝上一块银洋——另外一角缝半块钱;这儿缝一个角子;那儿缝两个五分的。最后,在布的中央缝上一块金洋,最好是一枚两块钱的。”太太一一照办了。“您把这包头布给我,我要在半夜十二点整送往公墓。倘若您想瞧瞧奇妙的妖法,不妨跟我一块儿去。我包您明天就能看到情人。”临了,波希米女人独自上公墓去了,那太太怕魔鬼,不敢奉陪。至于可怜的弃妇结果是否能收回她的头巾,再见她的情人,我让读者自己去猜了。

波希米人虽则穷苦,虽则令人感到一种敌意,但在不大有知识的人中间受到相当敬重,使他们引以为豪。他们觉得自己在智力方面是个优秀的种族,对招留他们的土著老实不客气表示轻视。伏越山区的一个波希米女人和我说:“外江佬蠢得要死,你哄骗他们也不能算本领。有一天,一个乡下女人在街上叫我,我便走进她家里:原来她的炉子冒烟,要我念咒作法。我先要了一大块咸肉,然后念念有词地说了几句罗马尼,意思是:你是笨贼,生来是笨贼,死了也是笨贼……我走到门口,用十足地道的德文告诉她:要你的炉子不冒烟,最可靠的办法是不生火……说完我拔起脚来就跑。”

波希米族的历史至今尚是问题。大家知道他们最早的部落人数不多,十五世纪初叶出现于欧洲东部,但说不出从哪儿来的,为什么到欧洲来。最可怪的是他们在短时期内,在各个相隔甚远的地区之中,会繁殖得如此神速。便是波希米人自己,对于他们的来源也没有什么父老相传的说法。固然他们多半把埃及当作自己的发源地,但这是很古的传说,他们只是随俗附会而已。

多数研究过波希米语的东方语言学者,认为这民族是印度出身。的确,罗马尼的不少字根与语法形式都是从梵语中化出来的。不难想象,波希米族在长途流浪的期间采用了很多外国字。罗马尼的各种方言中有大量的希腊语，例如骨头，马蹄铁，钉子这些字。现在的情形几乎是有多少个隔离的波希米部落，就有多少种不同的方言。他们到处把所在地的语言比自己的土语讲得更流利，土语只是在外人面前便于自己人交谈而讲的。德国的波希米人与西班牙的波希米人已经几百年没有往来，以双方的土语比较，仍可发见许多相同的字；但原来的土语，到处都被比较高级的外国语变质了，只是变质的程度不同而已；因为这些民族不得不用所在地的方言。一方面是德语，一方面是西班牙语，把罗马尼的本质大大地改变了，所以黑森林区①的波希米人与安达鲁齐的同胞已经无法交谈，虽然他们只要听几句话，就能知道彼此的土语同出一源。有些极常用的字，我认为在各种土语中都相同，例如在任何地方的波希米字汇中都能找到的：巴尼（水）、芒罗（面包），玛斯（肉），隆（盐）。

数目字几乎到处一样。我觉得德国的波希米语比西班牙的纯粹得多，因为前者保留不少原始语法的形式，不像奚太诺采用加斯蒂②语的语法形式。但有几个例外的字仍然足以证明两种方言的

① 黑森林为德国南部山脉，以多森林著称。
② 加斯蒂为西班牙中部地区的旧行省名。

同源[①]。

既然我在此炫耀我关于罗马尼的微薄的知识,不妨再举出几个法国土语中的字,是我们的窃贼向波希米人学来的。《巴黎的秘密》[②]告诉我们,刀子叫做旭冷(chourin),这是纯粹的罗马尼。所有罗马尼的方言都把刀叫做旭利(tchouri)。维杜克[③]把马叫做格兰(grès)也是波希米语:gras,gre,graste,gris。还有巴黎土语把波希米人叫做罗马尼希(romanichel),是从波希米语的罗马南·察佛(rommanétchave)一字变化出来的。可是我自己很得意的,是找出了弗里摩斯(frimousse)一字的字源,意义是神色,脸;那是所有的小学生,至少我小时候的同伴都用的切口。乌打于1640年份编的字典就有飞尔里摩斯(firlimouse)一字。而罗马尼中的飞尔拉,飞拉(firla,fila)便是脸孔的意思;摩伊(mui)也是一个同义字,等于拉丁语中的奥斯(os)与摩索斯(musus)都可作脸孔解。把飞尔拉

① 以下原文尚有十余行,均讨论波希米语动词的语尾变化,叙述每字末尾几个字母的不同,纯属语言学范围,对一般读者尤为沉闷费解,且须直书原文,故略去不译。

② 《巴黎的秘密》为法国十九世纪作家欧仁·苏的小说,内容很多关于下流社会及盗贼的描写。

③ 维杜克(1775—1857)为法国有名的冒险家,行窃拐骗,无所不为,入狱越狱,不止一次;后充任巴黎警察厅的侦缉队队长,卒仍以犯案而去职。

(firla)和摩伊(mui)连在一起,变成飞尔拉摩伊(firlamui),在一个波希米修辞学者是极容易了解的,而我认为这种混合的办法与波希米语的本质也相符。

对于《嘉尔曼》的读者,我这点儿罗马尼学问也夸耀得够了。让我用一句非常恰当的波希米俗语作结束罢,那叫做:嘴巴闭得紧,苍蝇飞不进。

傅　雷译

图书在版编目（CIP）数据

梅里美传奇小说/郑克鲁编. -上海：上海文艺出版社. 2012. 4
(新文艺·外国文学大师读本)
ISBN 978-7-5321-4374-0
Ⅰ. ①梅… Ⅱ. ①郑… Ⅲ. ①小说集-法国-近代
Ⅳ. ①I565.44
中国版本图书馆 CIP 数据核字（2012）第 024949 号

出 品 人：陈　征
责任编辑：徐如麒
封面设计：钱　祯

梅里美传奇小说
郑克鲁 编
上海文艺出版社出版、发行
上海绍兴路 74 号
新华书店经销　常熟华通印刷有限公司印刷
开本 787×1092　1/32　印张 6.25　插页 5　字数 104,000
2012 年 4 月第 1 版　2012 年 4 月第 1 次印刷
ISBN 978-7-5321-4374-0/I·3388　　定价：20.00 元

告读者　如发现本书有质量问题请与印刷厂质量科联系
T：0512-52391383